두 딸과 함께한 자전거 국토 종주

아이들과 함께 성장한 20일간의 자전거 여행

함명진 지음

들어가며

처음에는 자전거 국토 종주를 계획하고 실행하면서 '어떻게 하면 아이들과 함께 이 종주를 마칠 수 있을까?'에 집중했다. 자전거 종주를 이어가는 동안, 많은 지인들의 따뜻한 응원과 지지가 큰 힘이 되어 주었다. 그래서 자전거 종주를 끝낼 수 있었다. 자전거 종주가 끝나고 이것을 기록으로 남겨야 되겠다는 생각을 머릿속에 자주 했으나 실행하지 못했다. 하지만 1년이 지난 시점에 '우리의 경험들이 조금씩 기억 속에서 멀어져 가는구나!'라는 생각을 하게 되었다.

그래서 그날의 잊지 못할 감정들을 생생하게 기록하고 싶다는 갈증이 생기게 되었다. 또한 지인들에게는 입버릇처럼 아이들과 함께 한 자전거 종주를 책으로 펴내고 싶다고 말했다. 이것을 계기로 액션카메라로 저장한 내용을 돌려보고 기억을 하나씩 떠올리며 기록하기 시작했다. 나중에 아이들이 성장해서 자전거 종주하면서 느낀 자신감을 바탕으로 인생에 조금이나마 도움이 되기를 바라면서 이 글을 쓰기 시작했다. 하지만 본업이 바쁜 시기에는 글을 쓰는 것을 멈추기고 했다.

책으로 펴내고 싶다는 간절한 소망으로 집필을 이어갈 수 있도록 열성적인 지지와 아이디어를 보태 주신 나의 영어 선생님 Kim Ellis와 배순호 원장에게 깊은 감사를 드린다. 또한 꼭 책으로 남겨야 되겠다고 마음먹은 것은 가현이와 1박2일로 낙동강 자전거 길을 풍경사진으로 보충하기 위해 문경으로 가던 중에 나누었던 대화였다.

"가현아! 자전거 국토 종주하면서 무엇이 좋았어?"
"아빠, 자전거 타면서 인내심을 배웠어요. 그리고 자연과 함께 할 수 있어서 좋았어요!"

자전거 종주하면서 처음이자 마지막으로 이화령고개를 넘어가는 과정에서 가현이가 나에게 "아빠! 이것 그만하면 안돼요?"라고 했던 아이가 아닌가?

나는 '아이들이 자전거 종주를 통해 교과서에서 배우지 못한 경험을 배웠구나!'라고 속으로 생각하게 되었다.

자전거 국토 종주는 나와 아이들의 이야기지만 자전거 종주를 하면서 만나는 사람들의 격려와 도움이 없었다면 완주를 하지 못했을 것이다. 자전거 길 위에 만난 사람들의 격려 "홧이팅", "가족과 함께 하는 모습 대단하세요!"를 잊지 못한다. "더운 날씨에 수고한다!"며 얼음물을 하나씩 건네주신 음식점 주인아주머니, 아이들이 피곤하고 힘들어하는 모습을 보고는 "숙소에서 좀 더 잠을 재우는 것이 좋겠다."며 우리에게 여유 있게 머물 수 있도록 배려해주신 민박집 부부, 추석의 다음날임에도 자전거를 고치시는 할아버지께 전화로 "자전거가 고장 났는데 고쳐 주실 수 있나요?"라고 부탁을 했을 때 흔쾌히 오토바이를 타고 나오셔서 고쳐주신 할아버지, 아이들이 좋아하는 음료수를 주시면서 사진도 같이 찍어주시고 따뜻한 격려를 전해주신 고깃집 주인아저씨, 늦은 저녁에 음식점에 도착했을 때 손주들이 생각난다며 음식을 푸짐하게 차려주신 음식점 할머니, 그 밖에도 일일이 다 열거할 수 없지만 도움을 주신 천사 같은 이웃들이 있었기에 자전거 국토 종주를 완주 할 수 있었다. 부족하지만 지면을 통해서라도 감사인사를 드리고 싶다.

아내는 아이들과 내가 자전거 종주를 하는데 옆에서 끊임없는 지지와 격려를 주면서 도움을 주었다. 그리고 첫째 딸인 소현이는 입시 때문에 자전거 종주를 하지 못했다. 하지만 불평하지 않고 자신이 준비하는 입시에 열심히 해서 합격했다. 그러면서 "다음엔 아빠와 함께 자전거를 탈래요."라고 이야기 했다. 나는 우리 소현이와 같이 자전거를 타는 날이 오기를 바란다.

우리는 지난 1년 전에는 무더운 여름에 4대강 자전거 길을 완주했다. 앞으로도 우리의 도전은 계속될 것이다.

자전거 종주를 하면서 한 가지 느낀 것은 고통과 인내의 시간을 같이 한 사람들에게는 같은 경험을 했기에 관계를 형성하는데 아주 도움이 된다는 것이다. 부디 이 책을 읽는 독자들에게 가족과 함께 하는 소중한 경험을 간접적으로 나누고 싶다. 자전거 국토 종주를 아이들과 함께 꿈꾸는 이들에게도 도움이 되었으면 한다. 또한 사춘기를 아이와 함께 끈끈한 관계로 소통하고자 하는 이들에게 도움이 되기를 바라는 마음이 간절하다. 그리고 가족관계에 있어서 좀 더 가깝게 지내고자 하는 이들에게 도움이 되었으면 한다.

끝으로 명절연휴를 맞이해서 미리 찾아뵙기는 했지만, 추석 때 아이들과 자전거를 타므로 양가부모님과 시간을 같이 보내지 못해 죄송한 마음이 든다. 하지만 우리들을 이해해 주시고 응원해 주신 양가부모님께 감사를 드립니다. 그리고 일일이 다 열거하지는 못하지만 항상 응원해 주신 석계가족들과 지인들에게 지면을 통해서 감사인사를 드립니다.

2025년 11월

함명진

추 천 사

　　무엇보다도 자전거 국토 종주 여행기 발간을 축하하며 많은 분께 용기를 심어주고 도전 정신을 일깨우는 책이 되기를 기원한다. 본 책을 발간할 뿐만 아니라 직접 체험하고 도전한 내용을 기록하고 후세들을 위해 귀한 자료로 남기기 위해 애쓴 함명진 저자와 시간을 투자하고 용기 내어 목표를 이루어 낸 두 자녀 가현, 채현이에게도 큰 박수를 보낸다. 20일간에 걸쳐서 대한민국 주요 자전거길 명승지를 두 자녀와 함께 자전거로 여행하면서 보고 느끼고 경험한 이야기를 진솔하게 기록한 책자를 읽으면서 몇 가지 느낀 점을 기술하고자 한다.

　　첫째로 긴 여정을 두 자녀와 함께 하는 동안 저자의 父情(부정)을 깊이 느낄 수 있었다. 여행지마다 자녀를 챙기며 피곤하지는 않은지 아픈 곳은 없는지 늘 보살펴 주는 애틋한 사랑의 마음을 끝없이 보여 주고 있다.

둘째로 불가능을 가능하게 만드는 도전 정신이 빛나는 경험의 이야기이다. 독자가 나는 무엇인가 도전하며 살고 싶다는 충동을 느끼게 할 만큼 감동적인 승리의 이야기이다. 도전하는 정신은 언제나 아름답다. 비록 실패한다고 할지라도 많은 경험과 깨달음을 얻게 되기 때문이다.

셋째로 경험의 중요성을 알려준다. 특히 자라나는 청소년들에게 무엇인가? 경험케 하는 것은 공부하는 것 이상의 인생의 의미가 있음을 보여 준다. 추천자가 중·고등학교에서 35년간 가르치고 행정을 펼치면서 강조했던 말들이 새록새록 떠오르며 바로 그 강조했던 교육의 내용을 실제 삶 속에서 경험하고 실천한 것이 이런 것이라고 생각이 들었다. 옛 선현의 글 '명심보감'에는 '不經一事 不長一智(불경일사 부장일지)'라는 명언이 기록되어 있는데, 그 뜻은 '한 가지 일을 경험하지 않으면 한 가지 지혜가 자라나지 않는다'는 말로 경험의 중요성을 강조한 말이다. 아마도 직접 힘든 고생을 경험하고 도전한 가현이와 채현이는 평생 이 경험을 잊지 못할 것이고 미래의 삶을 살아가는데 큰 지혜를 얻었겠다고 여겨진다.

　본서를 통해 제가 느낀 감동과 아마도 이 책을 접하는 모든 분들이 동일하게 느끼리라 생각되며, 인생을 멋지게 도전하며 살아 갈 많은 독자들에게 일독을 적극 권하는 바이다. 특히 청소년들은 할 일이 많고 도전해야 일이 아직도 많이 남아있다. 본서를 통해서 추천자가 느끼고 깨달은 그것 이상으로 많은 것을 깨달음으로 인생을 멋지게 그리고 아름답게 살아가기를 바란다.

2025년 11월

(前)한국삼육고등학교 교장 **김학택**

목 차

제 1 장

국토 종주를 시작하다

1. 자전거 초보들, 국토 종주를 시작하다

자전거는 고등학교 시절, 내게 무엇과도 바꿀 수 없는 소중한 즐거움이었다. 특히 고민과 걱정이 끊이지 않았던 고3의 나날 속에서, 자전거는 잠시나마 현실을 벗어나게 해주는 나만의 탈출구였다. 주말이면 친구들과 함께 한 번도 가보지 않은 미지의 곳을 찾아 페달을 밟던 그 설렘을 떠올리면 지금도 미소가 절로 번진다.

세월이 흘러, 사업을 시작한 지 얼마 되지 않았을 때 한 거래처의 소개로 MTB 자전거를 장만했다. 새 자전거를 볼 때마다 학창 시절 친구들과의 추억이 떠올라, 몇 번이나 집 근처를 달려보기도 했다. 하지만 기대와는 달리, 곧 흥미를 잃고 말았다. 베란다 구석에 먼지만 쌓여가는 자전거를 볼 때마다 아쉬워 다시 시도해 보곤 했으나, 함께 탈 친구가 없어서인지 그마저도 오래가지 못했다.

그러던 어느 여름에 우연히 유튜브에서 '자전거 국토 종주' 영상을 보게 되었다. 다양한 연령대의 사람들이 저마다의 목표를 품고 국토를 가로지르는 모습은 내 마음 깊은 곳에 잠자고 있던 열정을 흔들어 깨웠다. 그때부터 나는 국토 종주에 관한 영상을 찾아보며, 화면 속 자연을 달리는 상상에 빠져들었다.

특히, 초등학생 딸과 아빠가 함께 국토 종주에 도전하는 영상을 보고는 '그래, 이거다!'라는 외침과 함께 무릎을 탁쳤다. 그 순간부터 나는 우리 아이들과 함께 자전거로 국토 종주를 떠나겠다는 꿈을 품게 되었다.

곧장 인터넷 서점에 들어가 '자전거 국토 종주' 관련 책들을 주문했다. 책이 도착하자마자 밑줄을 그으며 탐독했고, 633km에 달하는 여정을 어떻게 시작하고, 어떻게 마칠지, 아이들과 함께라면 어떤 준비가 필요할지 구체적으로 고민하기 시작했다.

문제는 자전거였다. 내 자전거는 있었지만, 아이들 것은 없었다. 아이들의 신체 조건과 편의성을 따져 16인치 자전거를 주문했다. 택배 상자를 열던 날, 아이들의 반짝이던 눈빛이 아직도 눈에 선하다. 둘째 가현은 자전거가 접혀서 자동차에 넣을 수 있다는 점에 신기해했다. 막내 채현은 키가 자라 예전 자전거가 맞지 않는다며 새 자전거를 손꼽아 기다렸기에, 택배가 도착하자마자 두 팔 벌려 반겼다. 두 아이 모두 호기심과 설렘으로 가득 차 있었다. 그 모습을 보니, 앞으로 함께할 여행에 대한 기대감이 한층 더 커졌다.

각자의 자전거를 갖게 된 우리는, 곧바로 필요한 액세서리를 하나하나 주문했다. 벨, 라이트, 거치대, 물통등 장비가 더해질 때마다 자전거가 완성되어 가는 과정을 지켜보며 아이들도, 나도 들뜬 마음을 감추지 못했다. 우리는 틈날 때마다 집 근처를 달리며, 앞으로 떠날 여행 이야기를 나누었다.

드디어, 출발일이 정해졌다. 2022년 8월 21일, 일요일 우리의 국토 종주가 시작되는 날이었다. 첫 출발 지점인 아라서해갑문 인증센터까지는 택시를 타고 가고 싶었지만, 비용이 만만치 않아 동생에게 도움을 청했다. 동생은 귀찮을 법도 한데 흔쾌히 우리 가족의 픽업을 맡아주었다. 인천의 출발 지점까지 데려다주고, 도착 지점인 광나루자전거 공원 인증센터에서 다시 집으로 태워주는 일까지 그의 도움이 없었다면 시작조차 쉽지 않았을 것이다.

여행의 기록을 남기기 위해 액션카메라 두 대도 마련했다. 설명서를 꼼꼼히 읽고, 작동법을 익히며, 첫 여행의 설렘을 마음껏 만끽했다. 처음 떠나는 국토 종주라 두렵고 낯설었지만, 아이들과 함께하는 이 여정이 평생 잊지 못할 소중한 추억이 되리라는 확신이 들었다.

이제, 모든 준비는 끝났다. 우리 가족의 국토 종주, 그 첫 페달을 힘차게 밟을 일만 남았다.

2. 드디어 인천 서해갑문에서 출발

(아라 서해갑문~광나루 자전거공원)

2022년 8월 21일 총거리 58km

드디어 국토 종주 첫 날인 일요일 아침이 밝았다. 나와 아이들은 첫 일정이라 긴장해서인지 일찍 눈이 번쩍 떠졌다. 서둘러 아침을 먹고 챙겨야 할 짐들을 꼼꼼하게 챙기다 보니 어느새 오전 8시가 훌쩍 넘었다. 동생은 이미 지하 주차장에서 우리를 기다리고 있었다. 우리는 SUV 차량에 자전거 3대를 실어야 했다. 내 자전거는 앞바퀴를 빼내어 싣고 아이들 것은 접어서 트렁크에 간신히 실었다. 내비게이션으로 인천 서해갑문을 검색하니, 도착 예정 시간은 오전 10시였다. 처음 시작하는 자전거 여행에 대한 부푼 기대감으로 오늘의 출발지인 아라 서해갑문 인증센터로 출발했다.

우리가 아라 서해갑문에 도착한 시간은 오전 10시가 조금 넘어서이다. 나는 안전을 위해 제일 먼저 아이들에게 헬멧을 챙겨주었다. 자전거를 내려 나무 옆에 거치해 두었다. 자전거를 타는 준비만 해도 제법 시간이 걸렸다. 우리는 출발에 앞서 그곳에서 기념사진을 찍었다. 앞으로 어떤 일들이 일어날 줄 아무것도 모른 채 말이다. 요즘 다시 그때의 사진들을 보니, 우리는 마냥 해맑게 웃음 띤 모습 속에 설렘이 가득했다.

아라 서해갑문에 도착하고 출발하기 전의 모습

아라 서해갑문 주차장에서 동생과 작별 인사를 나누며 저녁에 광나루자전거 공원에서 다시 만나기로 했다. 서둘러 아라 서해갑문 인증센터로 이동했다. 인증센터에는 이상하게 사람들이 없었다. 우리는 드디어 첫 여행지로의 출발 지점에서 섰다. 아이들은 각자 자전거 국토 종주 인증 수첩을 꺼내어 스탬프를 하나 찍었다. 나는 기념사진을 조금 더 남기고 싶었지만 아이들은 빨리 출발하자고 나를 계속 재촉하는 것을 보니 여행에 대한 기대감과 의욕이 넘치는 모양이었다. 우리는 힘차게 "화이팅"을 외치며 출발했다.

첫 인증센터에서 둘째 가현이와 막내 채현이의 모습

자전거 국토 종주 출발선에서

출발한 지 얼마 되지 않아 액션카메라가 말썽을 부렸다. 속도를 내어 달리기만 하면 자꾸 거치대에서 흘러 내려 손으로 받치며 갈 수밖에 없었다. 이런 줄도 모르고 둘째 아이는 자꾸 뒤를 돌아보며 "아빠, 빨리 와요!"라고 소리쳐 나를 재촉했다. '앞으로 우리의 여행을 기록할 이 액션카메라로는 영상 녹화를 할 수 없겠구나'라는 실망이 스쳤다. 그래서 아쉽게도 우리의 첫 출발 장면을 영상으로는 남기지 못했다. 어쩔 수 없다는 생각에서 바로 촬영을 포기하고 자전거 페달을 열심히 밟아 아이들을 뒤쫓았다.

　자전거 타는 것이 좀 익숙해지자 오고 가는 사람들과도 제법 눈을 맞추며 인사할 여유가 생겼다. 자전거를 타고 여행을 떠나는 아이들이 신기했는지 마주치는 사람들마다 아이들에게 "화이팅!"을 외쳐 응원해 주었고, 엄지척하며 아이들을 격려해 주는 사람들도 있었다. 아이들도 이에 응답하듯 더 힘차게 페달을 밟으며 힘을 냈다.

　어느 정도 오래 달렸다 싶으면 적당한 곳을 찾아 자주자주 쉬었다. 우리가 아침부터 일찍 서둘렀고, 밥때를 놓쳤더니 아이들은 "배고파요!" 하며 아우성치기 시작했다. "조금만 기다려. 곧 편의점이 나타나면 맛있는 것을 먹을 수 있어"라며 아이들을 달래 주었다. 대략 11시 30분쯤에 우리는 편의점에 다다르게 되었고, 거기서 삼각김밥과 컵라면을 하나씩 들고 의자에 마주 앉았다. 우리는 라면이 익는 시간이 얼마나 길게 느껴지던지 모른다. 그리고 배고플 때 먹는 컵라면은 유독 맛있었다. 게다가 이렇게 열심히 운동하고 나서 먹는 삼각김밥도 그 어떤 진수성찬보다 맛있는 음식일 수 있다는 걸 우린 그때 절실히 깨달았다.

식사를 마치자 아이들은 다시 편의점으로 달려가 평소에는 못 먹게 하던 음료수까지 들고나왔다. 나는 아이들의 건강을 위해 그동안 음료수는 먹지 못하게 했지만, 이 날만큼은 기꺼이 아이들이 원하는 대로 먹도록 내버려두었다. 자전거 국토 종주가 단순히 자전거 타는 것만 하는 여행이 아니라, 아이들에게는 맛있는 추억으로 남기를 바라기 때문이다.

충분한 휴식을 취한 후, 우리는 첫 인증센터인 아라 한강갑문 인증센터를 향해 달렸다. 일요일 정오가 되니 여기저기 산책하는 사람들이 많이 보였고, 자전거 타는 사람들도 많았다. 이렇게 혼잡하게 사람들이 오고 가는 사이를 달리다가 접촉 사고도 날 뻔했다. 첫 출발지에서부터 위험한 순간들을 경험했지만, 다행스럽게도 슬기롭게 위기를 잘 넘길 수 있었고, 그때마다 서로를 격려해 주기 시작했다. 첫날이라 우리는 여유를 가지고 좀 더 자주 쉬면서 달리는 동안 어느덧 아라 한강갑문에 도착했다.

아라 한강갑문 인증센터에서 더위 때문에 붉게 달아오른 모습

사람들이 인증센터와 매점 주위에 많이 몰려 있었다. 그곳에 잘 도착했다는 인증사진을 찍었지만, 자전거를 안전한 곳에 거치하는 것은 쉽지 않았다. 날씨가 무척 더웠기 때문에 아이들은 참새가 방앗간을 드나들듯 수시로 매점을 오갔다. 이번 국토 종주 여행을 하는 동안 아이들은 평소에 먹고 싶어 했던 과자나 음료들을 마음껏 원없이 먹었을 것이다. 아이들은 힘든 여정 속에서도 편의점을 들르는 재미가 쏠쏠했던 것 같다. 어린아이들이 씩씩하게 자전거 여행을 하는 것이 기특했는지 매점 주인아저씨가 새

우깡 한 봉지를 아이들에게 선물로 주었다. 나는 아이들을 대신해서 감사의 인사를 전했고, 마음이 훈훈해지는 걸 느꼈다.

한참을 쉬고 다시 여의도 인증센터로 출발했다. 중간중간에 쉼터가 있을 때마다 우리는 쉬면서 재충전을 했던 것 같다. 한번은 여의도 인증센터를 가기 전에 길을 잘못 들어서서 다시 돌아오기도 했다. 그런 우여곡절 끝에 아라한강갑문에서 여의도 인증센터까지 16km를 오후 4시경에나 되어 도착했다. 그때는 몰랐지만, 나중에 사진을 보니 아이들 얼굴은 시골 아이들처럼 햇볕에 그을려 붉게 달아올라 있었다.

여의도 인증센터에서 한 컷

　오늘의 최종 목적지인 광나루 자전거공원까지 약 24km를 더 가야 해서 여간 걱정이 되는 것이 아니었다. 나는 내심 '아이들이 과연 하루 58km나 되는 거리를 무사히 자전거로 잘 달릴 수 있을까?' 하는 걱정과 제 시간 안에 잘 도착할 수 있을지 이제는 장담하기 어렵겠다는 생각이 들었다.

　비록 아이들이 어려서 자전거를 타는 속도는 늦렸지만 기특하게도 꾸준히 쉬지 않고 페달을 밟아주어 저녁 6시 50분쯤에는 목적지인 광나루 자전거공원에 도착했다. 우리의 첫 목표를 달성한 것이다. 서로 말은 하지 않았지만, 얼굴을 마주 보며 눈빛으로 오늘의 목적지에 도착했다는 기쁨과 안도의 웃음을 나누었다.

오늘의 최종목적지인 광나루 자전거공원 인증센터에서

우리는 마침내 아침에 동생과 약속한 장소에 도착했다. 목표를 달성하고 앉아 쉬는 동안 바라보는 석양은 너무 아름다웠고 지금도 그 풍경을 잊을 수 없다. 그동안 자전거를 타고 달리면서 펼쳐진 풍경들을 바라볼 여유가 없었는데 이제야 주위의 아름다운 모습들이 눈에 들어왔다. 그럴 마음의 여유가 생겼다는 것이 놀라울 따름이다. 나는 휴대전화로 해가 산 너머로 넘어가는 사진을 여러 장 찍어 인터넷에 올렸다. 그러자 얼마 지나지 않아 많은 사람들이 사진에 '좋아요'로 공감을 표해 주었다. 사진으로 소통하니 마음이 뿌듯했다.

동생을 기다리며 해가 산 넘어로 넘어가는 사진을 담다

어느새 해가 어둑어둑해졌다. 사방에 어두움이 짙게 깔리고, 한참 동안을 기다린 후에야 동생을 만날 수 있었다. 하루 종일 우리를 싣고 다니던 자전거들을 차근차근 트렁크에 싣고 가벼운 마음으로 집으로 향했다. 너무 힘든 하루였지만, 우리가 처음부터 목표한 것을 함께 이루었다는 생각에 가슴이 벅차 올랐다.

3. 딸들아! 오늘은 여기까지

(팔당역에서 국수역)

2022년 8월 28일 총거리 19km

지난 8월 21일, 우리는 약 58km의 거리를 8시간 동안 자전거로 달렸다. 다시 자전거 국토 종주를 해보자는 제안에 아이들은 선뜻 대답하지 않았다. 지난주 힘들었던 기억이 아직도 생생했는지, 아이들은 또다시 그 고생을 반복하고 싶지 않은 눈치였다. 내 마음 같아서는 일요일 아침 일찍 출발해 양평까지 여유롭게 다녀오고 싶었다. 하지만 마음대로 되지 않았다. 결국 아내의 도움으로 아이들을 천천히 설득해 오후에 출발하는 것으로 합의했다. 작전은 성공이었다.

점심을 먹고 조금 늦은 오후에 팔당역을 향해 출발했다. 하지만 막상 도착해보니 주차장은 이미 등산객들의 차량으로 가득 차 있었다. 우리는 한참 동안 기다린 끝에 운 좋게 주차 공간을 찾을 수 있었다. 접이식 자전거를 조립하고, 내 자전거는 앞바퀴를 다시 끼워 준비를 마쳤다.

팔당역에서 자전거 전용도로로 향하는 작은 터널을 지나자, 일요일 오후, 햇빛 반짝거리는 자전거들이 도로 위를 가득 메우고 있었다. 우리는 새로운 여행의 기록을 남기고 싶어 기념사진을 찍었다. 양평으로 향하는 길은 화창한 날씨 덕분에 한껏 상쾌했다. 팔당댐이 모습을 드러내자, 우리는 한 폭의 그림 같은 풍경 앞에 잠시 페달을 멈췄다. 시원하게 펼쳐진 팔당댐의 모습에 모두가 탄성을 질렀고, 그 순간을 오래도록 눈과 마음에 담았다.

수문을 연 팔당댐의 모습

하지만 아이들의 표정은 지난주만큼 밝지 않았다. 지 난번 고생의 여운이 아직 남아 있었고, 이번에는 편의점도 많지 않아 먹는 재미도 덜했던 모양이었다. 아쉬움을 뒤로 하고 우리는 능내역으로 향했다. 중간중간 쉬어가며 도착 한 능내역에서, 국토 종주 인증 수첩에 도장을 찍으려 했 지만, 잉크가 거의 말라 있었다. 유튜브에서 본 대로 인주 를 준비하지 않은 것이 아쉬웠지만, 꾹꾹 눌러가며 겨우 인증 도장을 찍었다. 다음부터는 꼭 인주를 챙기리라 다 짐했다. 능내역의 멋진 풍경을 배경으로 인증 사진도 여 러 장 남겼다.

일요일오후 능내역 인증센터에서

오후 늦게 시작한 여행이라 시간이 빠르게 흘렀다. 양평까지 가고 싶은 마음은 굴뚝같았지만, 돌아올 시간을 계산하니 마음이 점점 조급해졌다. 아이들을 재촉해 서둘러 능내역을 출발했다. 얼마 전에는 이 능내역을 지인들과 산책하며, 1년 전 아이들과 국토 종주를 했던 추억을 떠올렸던 기억이 스쳤다. 힘들었지만, 그 시절이 우리 삶에 얼마나 소중한 추억이 되었는지 새삼 느꼈다.

능내역을 지나 양수역을 향해 힘차게 페달을 밟았다. 양수리로 넘어가는 길에서, 길게 뻗은 양수철교의 모습이 인상 깊었다. 사진을 찍고 싶었지만, 해가 지기 시작해 아쉬움을 뒤로한 채 계속 달렸다. 느리지만 꾸준히 달려 마침내 양수역에 도착했다. 아이들은 맞은편에 있는 편의점을 발견하고는 음료수를 먹고 싶다고 했다. 나는 지친 몸을 잠시 쉬게 하며, 아이들에게 신용카드를 건네주었다. 아이들은 신이 나서 음료를 흔들며 돌아왔고, 우리는 음료수를 마시는 동안 잠시 수다를 떨며 힘을 냈다.

능내역을 지나 양수리로 가기전에 만난 양수철교

하지만 이미 해가 저물고 있었다. 오늘은 양평까지 가지 못할 것 같아, 최대한 갈 수 있는 곳까지 달려 전철을 타고 돌아오기로 했다. 다시 출발해 묵묵히 페달을 밟았다. 결국 국수역에 도착했을 때는 이미 어둠이 길 위에 내려앉았고 우리는 오늘의 여정을 마치기로 했다. 지친 몸을 이끌고 전철역으로 향했지만, 카드 결제가 안 되어 현금을 인출하는 번거로움까지 겹쳤다. 아이들과 함께라서 신경 쓸 일이 더 많았지만, 작은 불편함도 함께라면 견딜 수 있었다.

　늦은 밤, 전철은 사람들로 붐볐다. 자전거를 실을 수 있는 칸도 만만치 않았지만, 주변 사람들의 도움으로 무사히 탑승했다. 사람들은 자전거와 함께 탄 우리 가족을 신기한 듯 바라봤다. 팔당역에 도착해 자전거를 차에 싣고 집으로 돌아가는 길, 이미 밤 9시를 훌쩍 넘겼다. 몸은 지치고 피곤했지만, '오늘도 우리가 함께 해냈다.'는 뿌듯함이 마음을 가득 채웠다. 이 밤, 우리는 또 하나의 잊지 못할 추억을 완성했다.

4. 국토 종주, 시작했으면 끝을 내야지

주말마다 자전거를 타고 여행을 떠나면서, 마음 한구석에 물음표를 던지곤 했다. '우리가 과연 자전거 국토 종주를 무사히 완주할 수 있을까?' 주말마다 자전거를 타는 일조차 결코 쉽지 않다는 걸, 우리는 몸으로 느끼고 있었다. 아이들과 함께 하루에 자전거를 타는 거리도 만만치 않았다. 그럼에도 불구하고, 나는 아이들과 함께 반드시 자전거 국토 종주를 완주하고 싶다는 바람을 멈출 수 없었다.

아내와 이런 생각을 나누다가 달력 위에 눈길이 머물렀다. 다음 달이면 추석 연휴가 다가온다는 사실이 눈에 들어왔다. '지금이 아니면, 아마 다시는 이런 계획을 실행에 옮기지 못할지도 몰라.' 마음속에서 용기가 피어올랐다. 이 연휴를 활용해, 그동안 꿈꿔왔던 자전거 국토 종주에 도전하기로 결심했다.

아이들에게 조심스레 물었다. "학교에 체험학습 신청서를 내고, 우리 자전거 여행 한번 떠나볼까?" 예상과 달리, 아이들은 환한 목소리로 "완전 좋아요!"라고 합창했다. 그 순간, 우리 가족의 마음이 하나로 모였다.

우리는 곧장 학교에 체험학습 신청서를 제출했다. 주변 지인들에게도 드디어 자전거 국토 종주에 나선다는 소식을 알렸다. 많은 이들이 진심 어린 응원과 격려를 보내줬다. 물론, 아이 둘을 데리고 긴 여행을 떠나는 것이 힘들지 않겠냐는 걱정어린 조언도 들려왔다. 하지만 우리는 이미 마음을 굳혔다.

양가 부모님께도 이번 추석에는 아이들과 자전거 국토 종주를 떠나게 되어 찾아뵙지 못한다고 양해를 구했다. 구체적인 출발일을 정하기 위해 아이들과 머리를 맞대고 고민했다. 9월 3일 토요일이 좋을지, 4일 일요일이 좋을지, 작은 일정 하나까지도 가족 모두가 함께 의논했다. 안내책자를 꼼꼼히 읽고, 유튜브에서 국토 종주 영상을 반복해서 보며 하루에 몇 킬로미터를 달릴지, 어디에서 묵을지, 세세한 계획을 세웠다.

이번 여행은 주말 소풍과는 차원이 달랐다. 무려 10박 11일, 장거리 일정을 소화해야 했다. 무리하지 않으면서도, 우리가 해낼 수 있도록 가장 적당한 일정을 잡기 위해 계획을 세우고 또 고쳐 나갔다. 어린 딸들과 함께 낯선 길을 달려야 한다는 생각에, 아빠로서 마음 한편엔 부담감도 컸다. 아직 엄마의 손길이 더 필요한 아이들이기에, 걱정은 더욱 컸다.

하지만 이미 가족과 지인들에게 '우리는 자전거 국토 종주를 떠난다.'고 선언한 이상, 이제 물러설 수 없었다. 무엇보다도, 이 여행을 기대하는 아이들을 위해서라도 반드시 완주해야겠다는 다짐이 굳어졌다.

아내에게는 낯선 곳에서도 수시로 연락을 주겠다고 약속했다. 혹시 모를 사고에 대비해, 상비약과 응급처치 용품도 꼼꼼히 챙겼다. 출발일이 다가올수록 걱정과 두려움이 머릿속을 스쳤지만, 그보다 더 큰 설렘과 기대가 파노

라마처럼 내 앞에 펼쳐졌다.

이렇게, 우리 가족의 첫 자전거 국토 종주가 시작됐다.

두려움과 설렘, 그리고 단단한 결심이 섞인 그 출발의
순간을, 나는 오래도록 잊지 못할 것이다.

국토 종주 방향을 표시하는 안내도로

제 2 장

낙동강 자전거 길을 도전하다

5. 태풍이 온다

(낙동강 상주보에서 구미보)

2022년 9월6일부터 7일 총거리 36Km

당초 계획대로, 추석 연휴와 체험학습 기간을 포함해 10박 11일 동안 낙동강 상주보에서 부산 하굿둑까지 자전거 국토 종주를 하기로 했다. 그러나 출발이 가까워질수록 일기예보는 연일 궂은 소식을 전했다. 태풍이 북상한다는 소식에 마음 한구석이 조마조마해졌다. 그럼에도 나는 여행의 목표를 꼭 이루겠다는 다짐으로 수첩을 새로 장만해, 하루에도 몇 번씩 계획을 다시 세우고, 이동 거리와 숙박지까지 꼼꼼하게 메모하며 마음을 다잡았다.

하지만 모든 준비와 결심은 태풍 '힌남노' 앞에서 잠시 멈춰 설 수밖에 없었다. 가족과 지인들은 위험하다며 만류했다. 우리는 출발일을 3일 미뤄 9월 6일, 드디어 결행하기로 했다.

　출발하는 날, 캠핑카의 캐리어에는 막내와 내 자전거를 싣고, 둘째의 자전거는 접어서 차안에 실었다. 비상식량, 간식, 여벌 옷까지 챙기다 보니 차 안은 짐으로 가득 찼다. 출발 지점을 고민하다, 캠핑카 주차가 어려운 상풍교 대신 문경휴게소에서 하룻밤을 보내기로 했다. 늦은 오후 문경휴게소에 도착하니, 태풍이 지나간 하늘엔 몽글몽글한 구름이 한 폭의 그림처럼 떠 있었다. 낯선 곳에서의 첫날 밤, 아이들은 인형 뽑기에 도전하며 깔깔 웃었고, 우리는 비빔밥과 라면으로 간단히 저녁을 해결했다. 밤이 깊어지자, 주차장은 화물차들로 가득 찼다. 문경휴게소가 화물차 기사들의 쉼터란 사실을 그제야 알았다.

낮에 문경휴게소의 한산한 모습

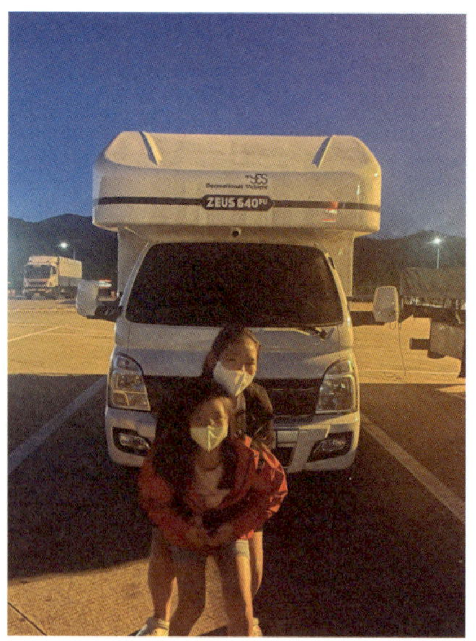

저녁에 캠핑카로 도착했고 화물차만 보였다

　밤새 화물차 소리에 뒤척이다, 창밖이 환하게 밝아온 걸 보고 놀라 시계를 보니 이미 오전 7시. 서둘러 아이들을 깨워 아침을 먹고 상주보로 향했다. 캠핑카를 주차하고 자전거를 꺼내 출발하니, 이미 오전 10시가 넘었다. 출발하자마자 반대편에서 지나가던 중년 남성이 "화이팅!"을 외쳐 주었다. 그 한마디가 우리에게 큰 힘이 되었다.

한산한 상주보 인증센터

상주보 인증센터에서 출발하기 전에 모습

낙동강 자전거길에서 처음으로 마주한 거리표시

하지만 얼마 달리지 않아 아이들의 지친 목소리가 들려왔다.

"아빠 더워요!"

"조금만 참자! 화이팅!"

나는 아이들이 쉽게 지치지 않도록 애써 격려했다. 꼬불꼬불한 시골길은 평지보다 훨씬 힘들었지만, 아이들은 불평 한마디 없이 달렸다. '중동 쉼터'에서 잠시 쉬며 사진을 남겼다. 나중에 그 사진을 보니 두 볼이 빨갛게 상기된 아이들의 모습이 참 귀엽다.

국토 종주 상주구간 안내판

여행 초반, 아이들은 여유롭고 활기찼지만, 한 시간이 채 지나기도 전에 지쳐 보였다. 아직 여행의 요령을 터득하지 못해서였으리라. 하지만 목적지는 아직 멀었기에, 나는 미안한 마음을 안고 다시 출발을 재촉했다. 낙동강 물결과 가을 햇살, 기분 좋은 바람이 피부를 스치며, '이게 바로 자전거 여행의 묘미구나' 싶었다.

낙동강 자전거길에서 처음으로 도착한 낙단보 인증센터

막내가 인증수첩에 스템프를 찍다

오후 1시, 우리는 낙단보 인증센터에 도착했다. 스탬프를 찍고, 인증사진도 남겼다. 점심때가 되어 아이들의 배꼽시계가 울렸다. 유튜브에서 본 식당을 찾아가니, 주인아주머니가 "더울 텐데 이 얼린 물을 드세요!"라며 얼음물을 내주셨다. 시원한 물 한 잔으로 달려온 피로가 씻겨 내려가는 듯했다. 식사 후에도 얼음물을 챙겨주시는 친절에 감사한 마음이 들었다.

다시 자전거를 타니, 강변엔 황금빛 들판이 펼쳐졌다. 가을의 한가운데를 달리는 현실감에, 우리 셋만의 오롯한 여행길이 더욱 특별하게 느껴졌다. 한참을 달리다 보니, 아까 식당에서 만난 아저씨가 우리를 앞질러 가며 인사를 건넸다. 전기 자전거를 타서 속도감 있게 달려가는 모습이 부럽기도 했지만, 아이들과 함께 천천히 풍경을 즐기는 것도 나쁘지 않다는 생각이 들었다.

구미보 인증센터까지 가는 길은 끝이 없을 만큼 지루했다. 아이들은 점점 뒤처지며 힘들어했다.

"얘들아, 오르막이 없으니 힘들이지 않고 갈 수 있어!"
나는 아이들이 덜 지치게 하려고 애썼다.
"아빠, 구미보 인증센터까지 얼마나 남았어요?"
"오늘 어디까지 갈 거예요?"
"오늘은 캠핑카 말고 펜션에서 자면 안 돼요?"

아이들의 질문에 하나하나 답하며, 지루함과 피로를 달랬다.
"그래, 오늘은 펜션에서 자자!"
그늘 하나 없는 길을 달리다 작은 구멍가게를 발견해 시원한 음료로 잠시 숨을 돌렸다. 다시 출발하며 아이들과 이런저런 이야기를 나눴다.

"아빠, 이번 주 금요일이 제 생일인데 무슨 선물을 해
줄 거예요?"

"너는 뭐 갖고 싶어?"

"핸드폰 케이스 두 개요!"

"하나만 사줄게." (마음은 세 개도 사주고 싶었지만…)
둘째도 끼어들었다.

"아빠, 국토 종주 끝나면 우리 뭐 해주실 거예요?"

"현금으로 15만 원 줄게!"

이런 대화를 나누다 보니 어느새 구미보 인증센터에
도착했다. 인증 수첩에 도장을 꾹꾹 찍고, 오늘은 여기까
지만 하기로 했다. 둘째가 인증센터 벽에 붙은 펜션 전화
번호를 가리키며 오늘은 여기서 묵자고 제안했다.

구미보 인증센터에서 한 컷

구미보 전망대를 가기전의 모습

우리가 묵을 첫 펜션은 구미보 전망대를 가로질러 가야했고, 도착하니 자전거 여행객들의 흔적이 가득했다. 짐을 풀고 아이들을 쉬게 한 뒤, 주인아저씨의 도움을 받아 캠핑카가 있는 상주보로 이동했다.

가는 길에 아저씨는 "아이들이 학교에서 배우는 것도 중요하지만, 이런 체험을 통해 스스로 어려움을 극복하고 다양한 사람을 만나는 경험이 인생에 큰 도움이 된다."며 격려해 주었다. 그 말을 들으며, 이번 여행이 정말 잘한 선택이라는 생각이 들었다.

저녁 무렵, 캠핑카를 몰고 펜션에 도착하니 붉은 노을이 하늘을 물들였다. 나는 그림물감으로 칠한 듯한 가을 하늘을 바라보며, 오늘 하루를 사진으로 남겼다. 이른 저녁을 먹고, 깊은 잠에 빠지기 전, 오늘의 여정이 우리 가족에게 얼마나 소중한 추억이 될지 다시 한번 마음에 새겼다.

구미보근처 펜션에서 바라본 하늘

6. 포켓몬빵으로 딸들을 달래다

(구미보에서 칠곡보)

2022년 9월8일 총거리 35Km

아침, 펜션에서 눈을 뜨니 몸이 천근만근이었다. 아직도 가야 할 길이 멀게만 느껴져, 걱정이 먼저 앞섰다.

"안녕히 주무셨어요? 오늘은 어디까지 가세요?"

펜션 주인아주머니가 환하게 인사하며 물었다.

"오늘은 70km 떨어진 강정고령보까지 가보려고 해요."

내 말에 아주머니는 걱정스러운 표정으로 고개를 저으며 당부했다.

"날씨도 덥고, 아이들이 초반부터 너무 무리하면 완주하기 어려워요. 천천히, 쉬엄쉬엄 가세요."

지도만 믿고 무작정 목적지를 정한 내 계획이 과연 옳은가, 그제야 스스로에게 물었다.

아이들이 일어나기 전, 나는 짐을 정리하고 아침을 준비했다. 아주머니께는 저녁에 캠핑카를 찾으러 오겠다고 인사드리고, 우리는 다시 자전거 페달을 밟았다.

맑은 가을 하늘엔 여전히 뭉게구름이 떠 있었지만, 햇볕은 강렬했다. 출발한 지 2km쯤, 막내가 힘들다고 조그맣게 말했다. 그 앞에 낮은 언덕이 나타났다. 언덕 아래서 잠시 숨을 고르며, 아주머니의 조언이 떠올랐다. '무리하지 않아야 완주할 수 있다.' 그 말이, 오늘따라 크게 와 닿았다.

다시 힘을 내 "화이팅!"을 외치며 출발했다. 지루하게 페달을 밟던 중, 반대편에서 마주치는 자전거 여행자들과 가볍게 인사를 나누는 것도 작은 즐거움이었다.

그러던 중 자전거 뒤에서 이상한 소리가 들려 멈춰보니, 짐이 바퀴에 쓸리고 있었다. 자칫 위험할 뻔한 순간. 짐을 다시 정비하며, 매 순간 조심해야겠다는 다짐을 새겼다.

이제는 아이들과 속도를 맞춰 천천히 달리다 보니, 주

위 풍경을 바라보며 생각에 잠기는 시간이 많아졌다. 구미보를 지나 칠곡보로 가는 길, 오른쪽엔 낙동강이 유유히 흐르고, 왼쪽으론 국도를 달리는 차들이 쌩쌩 지나갔다. 자동차의 속도가 부럽기도 했지만, 느리게 풍경을 즐기는 우리의 여행이 더 값지게 느껴졌다.

땡볕 속을 달리다 만나는 그늘은 그렇게 고마울 수 없었다. 시원한 그늘에서는 잠깐씩 쉬며, 아이들은 음료수를 마시고, 우리는 몇 번이나 멈춰 쉬며 조금씩 앞으로 나아갔다. 특히 교각아래 그늘에서는 너무 시원해서 콧노래가 절로 나왔다.

느리게, 자주 쉬며 달렸지만, 어느새 칠곡보 인증센터가 눈앞에 나타났다. 오후 4시를 훌쩍 넘긴 시간이었다. 인증사진을 찍고, 스탬프를 찍자마자 아이들은 내 손을 잡고 매점으로 달려갔다.

칠곡보 인증센터에 선 둘째 가현이의 모습

칠곡보 인증센터 정면에서 바라본 모습

막내 채현이가 인증 스템프를 찍다

매점에 들어서자, 아이들의 얼굴이 환해졌다. 진열대에 포켓몬빵이 종류별로 가득했다. 집 근처에서는 구하기 힘들었던 빵을 만난 아이들은 작은 탄성을 질렀다.

"아빠, 종류별로 하나씩 다 사도 돼요?"

평소 같으면 망설였겠지만, 오늘만큼은

"그래, 고생했으니 다 골라봐!"

아이들은 빵과 음료, 아이스크림까지 한 아름 안고 환하게 웃었다. 나는 그 모습이 어찌나 사랑스럽던지, 나는 서둘러 핸드폰 카메라에 담았다. 오늘 하루, 볼이 빨갛게

익도록 달렸지만, 지금 이 순간만큼은 세상 누구보다 행

복해 보였다.

매점앞에서 포켓몬빵을 구입하고 행복해 하는 모습

오늘 밤은 칠곡보에서 보내기로 했다. 휴대폰으로 찾

아보니, 마땅한 숙소가 없어, 결국 낡은 모텔을 찾았다. 아

이들을 모텔에서 재우고 싶지 않았지만, 선택의 여지가 없

었다. 여행이란 언제나 예상치 못한 일들의 연속이니까.

숙소까지 가려면 반대편 지하도의 계단을 넘어야 했

다. 무거운 자전거를 힘겹게 끌고 가다가, 우연히 만난 모

텔 주인이 자전거 보관 장소를 알려주어 다행히 어려움 없

이 자전거를 맡길 수 있었다.

아이들에게 "문 꼭 잠그고 쉬고 있어" 당부한 뒤, 택시를 타고 캠핑카를 가지러 구미보의 펜션으로 다녀왔다. 돌아오니 저녁 시간. 아이들은 피자를 먹고 싶어 했다. 오늘만큼은, 먹고 싶은 음식을 시켜주었다.

저녁을 먹자, 아이들은 곧 곯아떨어졌다. 나는 피곤한 몸을 뉘었지만, 내일 일정이 머릿속을 맴돌아 쉽게 잠들지 못했다. 하지만 불을 끄고 잠을 청했다.

7. 녹초가 된 아이들의 외침

(칠곡보에서 달성보)

2022년 9월 9일 총거리 59Km

오늘은 9월 9일, 막내의 생일. 여행 중이라도 생일만큼은 특별하게 챙겨주고 싶었다. 출발 전, 미리 캠핑카 냉장고에 미역국을 준비해 두었지만, 이곳엔 케이크를 살 만한 곳이 없었다. 고민 끝에, 매점에서 초코파이 한 상자를 사서 생일 케이크로 대신하기로 했다.

이른 아침, 캠핑카에서 미역국을 끓이고, 초코파이 위에 이쑤시개로 촛불을 만들어 조촐한 생일파티를 준비했다. 아이들을 깨워 캠핑카로 불러, 우리 가족만의 특별한 축하를 나눴다.

올해 막내의 생일파티는 세 번이나 열렸다. 출발 전 집에서, 오늘 캠핑카에서, 그리고 외할머니 댁에서, 그럼에도 막내는 캠핑카에서 초코파이로 생일을 축하받았다며 아직도 서운해한다.

우리는 캠핑카를 베이스캠프로 삼아 여행했다. 캠핑카에는 모든 짐이 실려 있었기에, 출발할 때마다 어디에 주차할지 고민해야 했다. 노지에 세우면 도난이 걱정됐지만, 다행스럽게도 머무는 숙소마다 좋은 주인들을 만나 큰 어려움 없이 여행을 이어갈 수 있었다.

이번에도 모텔 주인이 흔쾌히 주차를 허락해 주어 감사한 마음이 들었다. 국토 종주를 하며 절실히 느낀 건, 우리가 필요할 때마다 누군가의 따뜻한 배려와 도움이 있었기에 무사히 일정을 마칠 수 있었다는 사실이다.

이제, 우리는 다시 달성보를 향해 새로운 도전을 시작한다.

여행은 힘들고, 때로는 예상치 못한 고비가 찾아오지만, 그 모든 순간이 우리 가족에게 소중한 추억이 되어 남는다.

그리고 오늘도, 우리는 함께 앞으로 나아간다.

어제보다 조금 더 이른 시간에 칠곡보 인증센터를 떠나, 오늘의 목표인 달성보를 향해 페달을 밟았다. 오늘은 어제보다 더 먼 길을 가야 했다. 아침부터 햇볕은 강렬했고, 내리막길로 시작된 탓에 내가 앞서 나가게 되었다. 내 자전거는 26인치 성인용, 아이들은 16인치 접이식 자전거라, 똑같이 달려도 속도 차이가 났다.

한참 내려온 뒤 뒤를 돌아보니, 아이들이 보이지 않았다. 순간 불안한 마음에 전화를 걸었지만, 아이들은 받지 않았다. 잠시 기다리면 곧 따라오겠지 싶어 핸들을 점검하다가, 나사가 많이 풀려 있는 것을 발견했다. 아찔했다. 모르고 더 달렸다면 큰 사고로 이어질 뻔했다. 자전거는 항상 출발 전에 꼼꼼히 점검해야 한다는 사실을 다시금 깨달았다. 공구함을 열어 나사를 단단히 조이고 있을 때, 멀리서 아이들이 내려오는 소리가 들렸다.

"왜 이렇게 늦었어?"

"아빠, 내 자전거 앞에 달아놓은 플라스틱 가방이 떨어져서 망가졌어요."

막내가 흥분된 목소리로 말했다. 아이들은 망가진 가방을 고치려 애썼던 모양이었다.

"괜찮아, 자 다시 출발하자!"

나는 망가진 가방을 내 배낭에 툭 던져넣고, 다시 길을 나섰다.

하지만 출발한 지 얼마 되지 않아 아이들이 힘들다며 쉬고 싶다고 했다.

"그래, 쉬자."

나는 그늘을 찾아 자전거를 세우고 잠시 쉬었다. 다시 출발했지만, 아이들은 금세 지쳐 뒤처졌다. 아이들이 쉬자고 할 때마다 멈춰서 쉬게 해주었다. 힘들 때마다 반대편에서 달려오는 자전거 여행자들의 "화이팅!"과 엄지척이 우리에게 작은 힘이 되어주었다.

오전 11시가 되자 아이들이 배고프다며 간이 쉼터에 앉았다. 음료수와 삶은 계란을 나눠 먹으며 오손도손 재충전의 시간을 가졌다. 그리고 다시 힘을 내 페달을 밟았다. 멀

리 강정고령보가 보이자 아이들도 갑자기 힘이 나는지 속
도를 높였다.

"아빠! 점심 먹고 나면 저희가 원하는 음료수랑 아이스
크림 사 주세요!"

아이들은 점심과 간식 생각에 들뜬 표정이었다.

강정고령보로 가는 길, 경치가 너무 좋아 나는 사진을
찍었고, 아이들은 엄마에게 영상 편지를 찍어 사랑을 전
했다. 목적지가 눈에 보이자, 아이들의 페달에도 힘이 실
렸다.

저 멀리 강정고령보를 배경으로 한 컷

얼마 전 읽은 손미나 작가의 말이 떠올랐다. 그녀가 산티아고 길을 걸으며 힘든 오후, 저 멀리 마을이 보이면 다시 힘이 솟는다는 말처럼, 우리도 하루하루 목표를 작게 나누었고, 눈앞에 또렷이 보이는 그 목표 덕분에 다시 의욕이 생겼으며, 하나씩 도달할 때마다 깊은 성취감을 느낄 수 있었다. 그 작은 성취들이 모여 결국 국토 종주라는 큰 목표를 이루게 해주었다.

강정고령보에 도착하니, 추석 연휴가 시작된 탓에 가족 단위의 사람들이 산책을 즐기고 있었다. 우리는 인증 센터에서 사진을 찍고, 인증 수첩에 도장을 꾹 찍었다. 배가 고파 자전거를 단단히 묶어두고 식당을 찾아 늦은 점심을 먹었다. 식사를 마친 후엔 아이스크림을 하나씩 입에 물고, 편의점에서 시원한 음료와 간식거리를 샀다. 아이들은 행복해했다.

드디어 강정고령보 인증센터에 도착하다

다시 달성보를 향해 출발했다. 한참을 달리다 보니 오늘 밤 묵을 곳이 걱정되었다. 잠시 쉴 때 휴대폰으로 민박집을 검색해 예약했고, 달성보 인증센터에 도착해 사진을 찍고 도장을 받았다. 예약한 민박집은 1km쯤 떨어진 하얀 집이었다. 주인 내외가 우리를 반갑게 맞아주었고, 자전거는 안전하게 보관할 수 있었다.

달성보인증센터에서 따가운 햇빛에 얼굴이 익은 두 아이의 모습

정면에서 바라본 달성보 인증센터

짐을 풀고 캠핑카 이야기를 꺼내자, 주인아저씨는 기름값만 받는 조건으로 칠곡보까지 나를 데려다주겠다고 했다. 나는 캠핑카를 몰고 민박집으로 돌아왔다. 아이들은 이미 씻고 쉬고 있었고, 나도 씻고 나오니 주인아주머니가 후한 저녁상을 내주셨다. 아이들은 저녁을 먹고 금세 잠이 들었다.

나는 주인 내외와 저녁을 먹으며 이런저런 이야기를 나눴다. 민박집 부부는 성수기엔 자전거 여행객을 맞이하고, 비수기엔 국외여행을 다니는 멋진 분들이었다.

"외국에서 오셨어요?"

"아니요."

"여긴 주로 외국에서 온 사람들이 아이들과 자전거 여행을 오더라고요. 아직 우리나라 사람들은 드물어요."

그 말을 들으며, 힘들지만 우리가 잘하고 있다는 작은 위로를 받으며 자부심을 느꼈다.

그날 밤, 달성보 민박집에서 아이들과 함께 깊은 잠에 빠졌다.

하루하루 작은 목표를 이루며, 우리는 조금씩, 그러나
확실하게 국토 종주의 완성을 향해 나아가고 있었다.

8. 천사를 만나다

(달성보에서 적포교)

2022년 9월 10일 총거리 38Km

아침에 일어나 민박집 밖으로 나오니, 어젯밤 늦게 도착한 손님이 먼저 아침 식사를 하고 있었다. 우리는 자연스럽게 식탁에 마주 앉아 이런저런 이야기를 나누게 되었다. 나이가 지긋하신 그 손님은, 70세의 다부진 체격을 지닌 어르신이었다. 2019년에 이어 이번이 두 번째로 인천에서 달성보 민박집까지 자전거 여행을 오셨다고 했다. 첫째 날엔 인천에서 260킬로를 달렸고, 둘째 날엔 쉬지 않고 달성보까지 달려왔다며, 비장한 어투로 이야기를 들려주셨다. 그 연세에도 대장정에 도전하는 어르신의 모습에, 우리도 지치지 말고 힘껏 이 여정을 완주해야겠다는 다짐이 절로 들었다. 어르신은 식사 후, 부산 하굿둑까지 달릴 계획이라며 서둘러 길을 나섰다.

식사가 끝나자 주인아주머니가 과일을 내오며, "오늘도 무사히 일정을 마치시라"고 따뜻하게 응원해 주셨다. 달성보 민박집은 마치 오래된 가정집처럼 편안하고 정겨웠다. 어르신이 떠난 뒤, 우리도 출발 준비를 하며 주인 내외분과 잠시 더 이야기를 나누었다.

"우리 캠핑카를 이곳에 주차해 두고, 저녁에 다시 가지러 와도 될까요?"

"오늘은 어디까지 가실 건가요?"

"오늘은 창녕함안보 인증센터까지, 93킬로미터를 달릴까 합니다."

주인아저씨는 고개를 저으며 조심스럽게 조언하셨다.

"그 일정은 너무 무리일 것 같아요. 합천창녕보에서 하루 미무는 게 좋겠어요. 그곳은 시골이라 택시도 잘 잡히지 않고, 아이들이 피곤할 테니 좀 더 푹 쉬게 해주세요."

나는 주인아저씨의 조언을 따르기로 했다. 나는 캠핑카를 몰고, 주인아저씨는 승용차를 몰고 함께 합천창녕보로 향했다. 주인아저씨는 캠핑카를 어디에 주차하면 좋을지까지 세심하게 챙겨주셔서, 마음이 든든했다.

합천창녕보를 지나 적포교에 도착하자, 주인아저씨는 캠핑카를 주차하기 좋은 음식점을 발견해 먼저 들어가셨다. 마음씨 좋은 음식점 주인 할머니가 흔쾌히 허락해 주셔서, 우리는 안전하게 캠핑카를 주차할 수 있었다.

그리고는 주인아저씨가 우리가족을 위해 한 가지 제안을 해 주셨다.

"아이들이 아직 안 일어났을거에요. 많이 피곤할 거예요. 좀 더 자게 두세요. 아이들이 일어나면 아내가 챙길테니 걱정하지 마세요. 그동안 제가 대구 달성군에서 유명한 명소를 두 곳을 소개해 드릴게요. 제 차로 드라이브나 같이 가시죠."

민박집 주인아저씨의 배려에 마음이 따뜻해졌다.

낙동강 종주 4일 차, 강행군에 지친 아이들은 깊은 잠에 빠져 있었다. 주인아저씨의 말대로 충분히 쉬고 난 뒤, 그날 낮 자전거를 타는 동안 아이들은 힘들다는 소리를 훨씬 덜 했다.

다시 민박집으로 돌아온 나는 감사의 마음을 전하고 싶어 민박집의 벽에 붙은 '토종꿀 판매' 안내판을 보고 토종꿀을 구입했다. 주인아저씨의 소득에 조금이나마 보탬이 되길 바라는 마음이었다.

합천창녕보 가던중에 무심사에서 한 컷

한편, 국토 종주를 마치고 한참이 지난 어느 날, 집으로 택배가 도착했다. 달성보 민박집 주인 내외분이 직접 농사지은 고구마와 배추였다. 그 선물을 받으며, 그때의 감동과 감사함이 다시금 떠올랐다.

인연을 소중히 여길 줄 아는 민박집 주인분들께, 이 글을 통해 다시 한번 감사의 마음을 전하고 싶다. 언젠가 다시 달성보를 찾게 된다면, 꼭 그 민박집에 들러 작은 선물로 마음을 전하고 싶다.

이렇게 자전거 여행길에서 만난 따뜻한 민박집 주인과 음식점 할머니 덕분에, 우리는 무사히 국토 종주를 이어갈 힘을 얻었다.

여행의 길 위에서 만난 인연, 그 따스함이 오래도록 마음에 남는다.

9. 자전거를 고쳐야 한다

(창녕함안보에서 양산 물문화관)

2022년 9월 11일 총거리 55Km

창녕함안보 근처에서의 아침은 고양이 울음소리로 시작됐다. 캠핑카 주변을 서성이던 고양이의 호기심 어린 눈빛에, 나는 문득 아이들과 나눌 작은 기쁨을 떠올렸다. 캠핑카에 있던 육포를 꺼내 아이들에게 "이걸 고양이에게 줘볼까?" 하자, 아이들은 금세 들뜬 표정으로 캠핑카 문을 열고 고양이에게 육포를 던져주었다. 처음엔 경계하던 고양이가 서서히 다가와 육포를 맛있게 먹기 시작하자, 아이들은 그 모습을 바라보며 소리 없이 웃었다. 여행길의 피로가 잠시 녹아내리는 순간이었다.

전날 둘째 아이의 자전거 페달이 고장 나, 적포교에서의 숙박 계획을 변경해 이곳 창녕함안보에 머물게 된 터였다. 아침부터 나는 자전거 수리점을 찾아 핸드폰을 붙들고 전화를 돌렸지만, 추석 다음 날이라 그런지 어디서도 응답이 없었다. 막막한 마음에 아이들과 함께 창녕함안보 인증센터로 가서 자전거 여행자들에게 물어보았다. 모두들 "오늘은 문 닫았을 것"이라며 고개를 저었지만, 한 분이 전화로 수소문해 인증센터 맞은편 마을 농기구 수리점을 알려주었다.

캠핑카를 몰고 낯선 마을 끝자락의 농기구 수리점을 찾아가니, 주인은 몸이 불편해 자전거 수리는 어렵다고 했다. 마지막 희망마저 꺾이는 듯했지만, 때마침 들른 동네 주민이 부곡온천 앞 자전거 수리점을 추천해 주었다. 자세한 주소도 없이, 그저 '부곡온천 앞'이라는 단서 하나로 두리번거리며 운전하던 끝에, 허름한 간판을 발견했다. 추석 다음 날이라 혹시나 하는 마음에 전화를 걸었고, 다행히 나이 지긋한 할아버지가 오토바이를 타고 나타났다.

할아버지는 고장 난 자전거를 힐끗 보시더니, 오래된 수리점 문을 열고 부품을 찾아내셨다. 낡은 부품들과 도구들 사이에서 페달을 교체해 주시며, "수리비는 담뱃값만 주세요." 하셨다. 나는 미안한 마음에 만 오천 원을 드리고, 연신 감사 인사를 전했다. 덕분에 우리는 다시 국토 종주를 이어갈 수 있었다.

연휴기간임에도 전화받고 나오셔서 자전거를 고쳐주신 할아버지

푸른 하늘과 구름이 가을을 수놓고, 태풍이 지나간 자전거길엔 잡풀이 도로를 덮고 있었다. 매미 소리는 귀를 울릴 만큼 크고, 오늘도 55km의 긴 여정이 우리를 기다렸다. 풍경은 반복되었지만, "얼마 남지 않았다. 밤이 되어도

낙동강 하굿둑까지 가자!"며 서로를 격려했다.

창녕함안보 인증센터에서 한 컷

　잠깐 쉬는 동안에 서로의 이마에 맺힌 땀을 시원한 물로 식혀주기도 했다. 언덕길에서 아이들은 힘들어 주춤거렸고, 나는 "화이팅! 힘들면 앞을 보지 말고 땅만 보고 와!"라며 응원했다. 집에 돌아와 영상을 보니, 그때 나 역시 숨을 거칠게 몰아쉬고 있었다. 반대편에서 지나가던 자전거 여행자들이 "가족 모두 대단하네요, 힘내세요!"라고 응원해 주어, 우리 모두에게 큰 힘이 되었다. 오른쪽에는 낙동강이, 왼쪽에는 산을 깎아 만든 도로가 이어졌다. 언덕을 오르니 내리막이 시작되었다. 나는 아이들에게 내리막길의 위험을 강조하며 천천히 내려가게 했다.

한참을 달려 수산교에 도착해, 매점에서 얼음을 동동 띄운 시원한 음료로 더위를 달랬다. 유원지라 얼음값이 비싸게 느껴졌지만, 매점 아주머니는 웃으며 "얼음값이 금값이죠?" 라고 했다.

다시 페달을 밟아, 저녁 무렵 삼랑진 생태문화공원에 도착했다. 아이들은 배가 몹시 고팠고, 우리는 급히 편의점에서 컵라면으로 허기를 달랬다. 주인 아주머니는 아이들에게 음료수를 건네며 응원해 주셨다. 나는 오늘의 목적지인 양산 물문화관과 부산 하굿둑까지의 거리를 물었고, 아주머니는 "오늘은 양산 물문화관까지만 가세요." 라고 조언해 주었다.

삼랑진 생태문화공원에서 허기진 배를 채우다

어둠이 내리고, 랜턴을 켜고 달렸지만 시야가 흐려 속도를 낼 수 없었다. 조심조심 달려 양산 물문화관 인증센터에 도착하니 이미 저녁 8시가 넘었다. 초행길이라 숙소를 찾는 데만 한 시간이 넘게 걸렸고, 아이들을 쉬게 하니 시계는 9시를 가리켰다. 오늘 하루는 정말 길었다. 아침부터 자전거 수리점을 찾아 헤매고, 55km를 달린 끝에 우리는 또 하나의 긴 여정을 완주했다.

늦은 저녁 양산 물문화관 인증센터에 도착하다

낮에 다시 찾은 양산 물문화관 인증센터

10. 허탈한 마지막

(양산에서 낙동강 하굿둑)

2022년 9월12일 총거리 35Km

어제 늦은 밤 양산에 도착한 탓에, 나는 오늘 아침만큼은 아이들이 푹 쉴 수 있도록 깨우지 않고 내버려두었다. 나 역시 온몸이 피곤해, 오랜만에 느긋한 휴식을 만끽했다. 호텔 체크아웃 시간에 맞춰 일정을 계획하고, 그전에 밀린 빨래를 해결하기 위해 코인 빨래방을 찾았다. 빨래가 돌아가는 동안, 나는 어제 찍은 영상을 노트북에 옮기며 지난 하루를 조용히 되새겼다. 10시쯤, 아침 겸 점심으로 배달 음식을 시켜 아이들을 깨우니, 한껏 숙면을 취한 아이들은 다시 생기가 돌고 의욕도 되살아난 듯 보였다.

식사를 마치고 약국에 들러 어제 다친 막내의 무릎을 간단히 치료한 뒤, 우리는 다시 자전거길에 올랐다. 오늘

부산 하굿둑까지 35km만 달리면, 낙동강의 마지막 구간을 완주하게 된다. 어제 55km를 달렸으니 오늘은 한결 마음이 가볍다. 가을 하늘은 청명했고, 바람은 상쾌했다.

양산낙동강교에서 부산광역시를 바라보며

양산낙동강교를 지나자 곧 부산광역시에 들어섰다. 좌우로 곧게 뻗은 가로수와 잘 정비된 자전거도로, 산책을 즐기는 시민들로 활기가 넘쳤다. 나는 아이들에게 "이제 거의 다 왔어!"라고 목표 구간을 이야기하며, 지치지 않도록 격려했다. 어제 양산 생태문화공원에서 만난 매점 주인의 조언이 떠올랐다. "오늘은 양산에 숙소를 잡으세요. 부산까지는 멀고, 도로도 어둡고 복잡해서 아이들에게 위험할 수 있어요." 실제로 부산의 자전거도로는 일반도로와 자주 교차했고, 신호등을 더 신경 써야 했다. 매점 주인의 말이 왜 그랬는지 실감할 수 있었다.

우리는 시민들 사이를 지나기도 하고, 자동차 전용도로 옆을 달리기도 하며 부산의 자전거길을 조심스럽게 이어갔다. 긴장감이 이어지자 아이들은 쉬고 싶어 했고, 우리는 산책로 옆 의자에 앉아 과자와 음료로 잠시 재충전했다. 잠시 후, 강 건너편 김해국제공항으로 착륙하는 비행기를 신기하게 바라보며 사진을 찍었다. 아이들은 이렇게 가까이에서 비행기를 본 것이 처음이라며 들뜬 표정을 감추지 못했다.

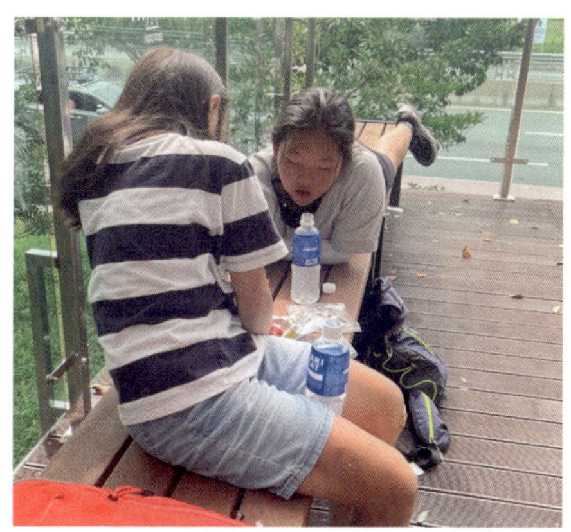

산책로 옆 의자에 앉아 과자와 음료로 잠시 재충전

　마지막 목적지인 낙동강 하굿둑을 향해 다시 페달을 밟았다. 을숙도에 위치한 하굿둑 인증센터로 가는 마지막 다리는 공사 중이었지만, 목적지가 가까워질수록 발걸음은 더욱 가벼워졌다. 드디어 낙동강 하굿둑에 도착했다. "기분이 어때?"라고 묻자, 아이들은 "좋아요!"라며 환한 미소로 답했다. 반면에 나에게는 완주했다는 기쁨과 아직 남은 국토 종주 길에 대한 묵직한 책임감이 마음 한켠에 동시에 자리잡고 있었다.

낙동강 하굿둑인증센터에서 한 컷

인증센터에서 각자 수첩에 도장을 찍고, 633km라는 표지석 앞과 아이들이 좋아하는 원형 그림을 배경으로 기념사진을 남겼다. 센터 주변에 설치된 발마사지 기계에 나란히 앉아, 그동안 쌓인 피로를 풀었다. 나는 아내에게 완주 인증사진을 보내니, "고생했어요!"라는 이모티콘과 "우와, 대견하다!"라는 감탄사가 날아왔다. 나 역시 아이들이 자랑스럽고 대견했다.

낙동강 자전거길 종점에서 한 컷

둘째와 약속한 대로, 하굿둑에 도착하면 생선회를 사 주기로 했기에 근처 횟집을 찾아보았지만, 을숙도에는 마땅한 곳이 없어 다시 길을 돌려 횟집을 찾았다. 식당에 들어서자, 아빠와 어린 두 아이가 함께 온 모습에 직원들이 신기한 듯 바라보았다. 아이들은 각자 먹고 싶은 회를 골라 맛있게 식사했고, 식사 후엔 근처 카페에 들러 음료를 마시며 휴식을 취했다.

카페 밖에 주차된 자전거들을 바라보며, 나는 아이들에게 "잘 지키고 있어"라고 당부한 뒤, 캠핑카를 찾으러 다시 양산으로 향했다. 부산에서 양산까지는 멀지 않아 금세 도착했고, 캠핑카를 몰고 다시 아이들이 있는 카페로 돌아왔다. 여전히 잘 놀고 있는 아이들을 보며 안도의 한숨을 내쉬었다. 자전거를 캠핑카에 싣는 우리를 신기하게 바라보는 사람들의 시선 속에서 우리는 마침내 낙동강 자전거 종주길을 완주했다.

"애들아, 아빠는 너희들이 정말 자랑스럽다."

이 말이 오늘, 그리고 앞으로도 오래도록 내 마음에 남을 것이다.

제 3 장

강천보와 새재 자전거 길을 도전하다

11. 탄금대를 아시나요

(충주탄금대에서 강천보)

2022년 10월 1일부터 2일 총거리 76km

낙동강 자전거길을 완주한 후, 아이들은 그간의 고단함이 아직 남았는지 자전거 종주 이야기를 꺼내기만 하면 슬쩍 시선을 피하며 딴청을 부렸다. 나는 날씨가 추워지기 전에 국토 종주를 마치고 싶었지만, 아이들이 선뜻 따라줄 것 같지 않았다. 그래서 아이들에게 "아빠 제안에 따라주면 원하는 건 뭐든 다 들어줄게!"라고 제안했다. 둘째가 "그럼 휴게소 오락실에서 실컷 놀게 해주세요!"라고 했고, 셋째도 적극 동의했다.

"그래! 오락실에서 마음껏 놀아보자!"

이렇게 우리의 다음 여행 일정이 정해졌다.

낙동강 종주 2주 후, 우리는 2박 3일 일정으로 남한강 자전거길을 완주하기 위해 충주댐으로 향했다. 10월 1일 토요일 저녁, 마장휴게소에 들러 오락실에서 신나게 놀기 전, 우선 배부터 채우려 했지만 대부분의 음식점이 문을 닫아 햄버거로 간단히 요기를 했다. 오락실 문을 열자마자 아이들은 물 만난 물고기처럼 이 게임, 저 게임을 오가며 오락 삼매경에 빠졌다. 두더지게임, 스키게임, 축구게임, 소총 게임까지, 땀을 뻘뻘 흘리며 함께 놀다 보니 우리 가족은 한층 더 가까워졌다.

오락실의 여운을 안고 충주댐에 도착하니 밤 11시가 되었다. 캠핑카를 인증센터 근처에 세우고, 오늘은 이곳에서 하룻밤을 보내기로 했다. 아이들은 피곤했는지 금세 잠들었지만, 나는 쉽게 잠이 오지 않았다. 밖에서는 오토바이 소리가 시끄럽게 들렸다. 한참을 뒤척이다가 어느새 잠이 들었다.

새벽, 주변의 소음에 잠이 깼다. 아이들은 그런 소음 속에서도 단잠을 자고 있었다. 밖에 나가보니 멀지 않은 곳에서 굿이 벌어지고 있었다. 저 멀리 충주댐 인증센터가 보였다. 원래 계획대로라면 아이들을 깨워 출발해야 했지만, 아이들이 너무 곤하게 자고 있고, 안개가 자욱해 자전거 타기가 위험해 보여 혼자 인증센터에 가서 도장을 찍었다. 그때는 몰랐지만, 나중에 '아이들에게 정직한 성취감을 가르쳐야겠다'는 생각이 들어, 이후로는 자전거를 타지 않은 구간에는 도장을 찍지 않았다. 다행히 자전거 국토 종주 코스에는 충주댐이 필수 구간이 아니어서 마음이 한결 가벼웠다.

캠핑카를 몰아 충주탄금대로 향했다. 주차할 곳을 찾아 몇 번이나 공원을 돌다가 겨우 주차를 끝냈다. 그제야 아이들이 잠에서 깨어났다. 준비해 온 재료로 국을 끓여 아침을 먹고, 자전거를 점검했다.

충주탄금대 인증센터에서 도장을 찍으며, 어느새 우리 옷차림이 반팔이 아닌 점퍼로 바뀌었음을 깨달았다. 계절이 바뀌고 있었다. 남한강 자전거길을 따라 페달을 밟으니, 왼쪽으론 강이 흐르고 시원한 바람이 불었다. 강변을 따라 달리면 기분이 상쾌해진다. 산책하는 사람들, 마주치는 자전거 여행자들, 활기찬 풍경이 그림처럼 스쳐 갔다.

탄금대 인증센터에서 한 컷

둘째가 아침을 적게 먹었는지 "아빠, 오늘 점심은 맛있는 거 사주세요!"라고 눈을 반짝이며 말했다.

"그래, 가다가 맛있는 음식점이 있으면 사 줄게."

국도와 자전거 도로가 겹치는 구간을 지나자, 예전에 골프를 치러 왔던 익숙한 장소가 보였다. 속으로 '여기 음식점이 있을텐데...' 라는 생각이 들자마자 아니나 다를까 음식점이 하나둘 나타났고, 아이가 가리킨 음식점으로 들어섰다. 고기를 파는 곳으로 좀 비싸 보이는 곳이었지만 약속을 했으니 흔쾌히 들어갔다.

불판 위에 고기가 익어가는 동안, 주인장이 "자전거 국토 종주 중이세요?"라고 물었다.

"네, 오늘은 충주탄금대에서 강천섬까지 갈 거예요."

주인장은 신기한 듯 아이들을 바라보다가, 음료수를 서비스로 내주며 "힘내요!"라고 격려해주었다.

음식점주인이 아이들에게 서비스로 음료수를 건내며 응원해 주심

"용기 주셔서 감사합니다. 아이들이 잊지 못할 거예요."

나는 주인에게 함께 사진을 찍자고 부탁했고, 그 사진은 우리 국토 종주 여행의 소중한 추억이 되었다. 언젠가 이 식당을 다시 찾아와 그때의 고마움을 전하고 싶다는 생각도 들었다.

다시 여정을 이어갔다. 언덕길이 이어져 조금만 페달을 밟아도 땀이 차올랐다. 오르막길을 오르던 중, 길가에 1미터는 족히 될 구렁이가 죽어 있는 것을 보고 아이들이 소스라치게 놀랐다. "괜찮아, 이미 죽은 거야." 아이들을 다독이고 다시 오르막을 올랐다. 내리막길에선 천천히 브레이크를 잡으라고 몇 번이나 당부하며 내려왔다. 중간에 아이들이 넘어질 뻔한 아찔한 순간도 있었지만, 무사히 비내섬 인증센터에 도착했다. 도장을 찍고, 근처 카페에서 팥빙수를 먹으며 잠시 여유를 즐겼다.

비내섬 인증센터에서 한 컷

오늘의 목적지인 강천보 인증센터를 향해 다시 출발했다. 왼편으로 유유히 흐르는 강물과 둑길의 경치를 감상하며 달렸다. 새들이 무리 지어 날아가는 모습도 보였다. 오르막길이 이어져 자전거를 끌고 올라가다 쉬기를 반복했다. 여주시에 접어들어 강천섬에 들어서니, 좌우로 펼쳐진 잔디와 아이들이 좋아하는 그네가 눈에 띄었다. 아이들은 자전거를 내려두고 한참 동안 그네를 탔다.

날이 어두워지기 전, 자전거를 타고 강천보로 가자고

아이들을 재촉했다. 둑길을 따라 강천보까지 남은 거리를 알리는 표지판을 보며, 아이들을 격려하며 페달을 밟았다. 약간 가파른 길을 오르자 반대편에 강천보가 보였다. 인증 센터에서 사진을 찍고, 날이 어두워질 무렵 빗줄기까지 굵어졌다. 미리 검색해 둔 숙소에 전화를 걸어 예약하고, 아이들을 데려다 놓고 간단히 저녁을 먹었다.

강천보 인증센터 건너편에서 바라본 모습

강천보 인증센터에서

　그날 밤, 나는 택시를 타고 충주탄금대로 캠핑카를 가지러 갔다. 택시기사는 자신의 고향이 탄금대라며, 우륵이라는 사람이 가야금을 연주한 곳으로 탄금대의 역사와 자신의 어린 시절 이야기를 들려주었다. 덕분에 지루하지 않게 목적지에 도착할 수 있었다. 캠핑카를 몰고 아이들이 있는 숙소로 돌아오니, 아이들은 TV를 보며 쉬고 있었다. 땀에 젖은 옷을 갈아입고, 잠에 들었다. 비 내린 늦은 저녁, 고단한 하루였으나 목표를 달성한 뿌듯함이 온몸을 감쌌다.

12. 비가 원망스럽다

(여주대교에서 양평군립미술관)

2022년 10월 3일 40km

아침에 눈을 뜨자 창밖에서 빗소리가 들려왔다. 마음 한편으론 '이 비가 곧 멈추길' 간절히 바랐지만, 하늘은 좀처럼 그칠 기미를 보이지 않았다. 아이들은 베란다 문을 살짝 열고 빗줄기를 바라보며 말했다.

"아빠, 비가 많이 내리려나 봐요. 계속 오면 어쩌죠? 오늘은 자전거 타기 힘들 것 같아요!"

어제 우리는 충주탄금대에서 강천보 인증센터까지 66km, 그리고 여주대교 근처 숙소까지 10km, 도합 76km를 달렸다. 나도 힘들었지만, 아이들은 더 지쳤을 것이다. 자전거를 탈수록 아이들 체력은 점점 좋아지지만, 무리한 하루가 지나면 그다음 날이 항상 문제였다.

나는 아이들에게 "조금만 기다려보자. 비는 곧 그칠 거야!"라고 짧게 대답했다. 학교에 체험학습을 내고 자전거 여행을 하고 있으니, 가능한 한 하루라도 더 빨리 마무리하고 싶었다. 게다가 곧 날씨가 추워지면 자전거를 타는 것도 쉽지 않을 터였다.

오전 10시를 넘기고, 11시가 가까워질 때까지도 비는 그칠 줄 몰랐다. 숙소의 체크아웃 시간이 다가오자, 나는 결정을 내려야 했다. 어젯밤 굵은 빗속을 뚫고 자전거를 타며 겪었던 위험한 순간들이 떠올랐다. 아쉽지만, 오늘은 자전거를 타지 않기로 했다.

자전거를 캠핑카의 캐리어에 하나씩 거치하기 시작하면서 아이들에게 "오늘은 자전거 타는 걸 쉬기로 했어~"라고 말하자, 아이들은 "야호!" 하고 환호성을 질렀다. 어제의 피로가 온몸에 남아있던 아이들에게, 오늘의 휴식이 얼마나 반가운 선물인지 그 표정만으로도 충분히 알 수 있었다.

나는 캠핑카를 몰고 여주대교를 건너 집으로 향했다.

빗줄기는 여전히 굵었고, 하늘은 흐림을 거두지 않았다.

"1보 후퇴, 2보 전진!"

아쉬움은 남았지만, 오늘의 잠시 멈춤이 내일의 더 큰 도전을 위한 준비임을 스스로 다독이며, 우리는 집으로 돌아왔다.

13. 아빠! 호텔에서 자야해요

(상주보에서 문경)

10월 8일에 출발해서 10월9일 총거리 65km

낙동강 종주길을 위해 처음 묵었던 문경휴게소에 다시 도착했다. 두 번째 방문이라 그런지 휴게소가 낯설지 않았다. 캠핑카를 한쪽 구석에 세우고, 피곤에 젖은 몸을 침대에 눕히자마자 모두 곧장 잠에 빠져들었다.

아침이 밝자, 우리는 낙동강 자전거길의 출발점인 상주보로 향했다.

상주보 인증센터에서 캠핑카를 배경으로 출발하기전 한 컷

월요일이지만 대체공휴일 덕분인지 상주보에는 자전거를 타는 사람들이 많았다. 오늘의 첫 목적지는 상주보에서 상주상풍교까지, 이제는 요령이 생겨 자전거를 타면서 휴대전화로 동영상을 촬영하는 것도 익숙해졌다. 하지만 방심은 금물이었다. 아름다운 경치에 마음을 빼앗겨 아이들을 영상에 담으려다 그만 넘어졌지만, 다행히 크게 다치진 않았다.

상주보에서 상주상풍교로 가는 길에는 오토캠핑장이 잘 조성되어 있었다. 미리 알았더라면 이곳에서 캠핑을 했으면 좋았겠다는 생각이 들었다. 오늘은 날씨가 아침부터 변덕스러웠다. 상주보에 도착하자 잠깐 비가 내렸지만, 이내 멈췄다. 오랜만에 화창한 날씨를 만끽하나 싶었는데, 다시 빗방울이 떨어지기 시작했다. 우리는 미리 준비한 비옷을 입고 비 내리는 도남서원, 경천대관광지 등을 지나쳤다.

언덕길을 넘어 내리막길에 들어서자, 낙동강이 한눈에 내려다보이는 전망대가 나타났다. 비가 내리던 순간이었지만, 아이들과 나는 화창한 웃음으로 사진을 남겼다. 상주상풍교에 거의 다다랐을 무렵, 비가 더욱 거세졌다. 인증센터에는 두 명의 남성이 있었고, 그중 한 명은 외국인이었다. 그는 우리 아이들을 향해 엄지척을 하며 응원을 보내주었다. 말은 없었지만, 아이들은 그 격려에 힘을 얻었으리라.

낙동강이 한눈에 내려다보이는 전망대에서 한 컷

비내리는 상주 상풍교 인증센터에서

비가 내리는 가운데 인증센터에서 사진을 찍고, 우리는 다시 문경 불정역을 향해 페달을 밟았다. 이제부터는 새재 자전거길. 오른쪽에는 낙동강, 왼쪽에는 논이 펼쳐진 둑길을 따라 달렸다. 상풍교에서 약 3.5km쯤 가니, 유튜브에서 자주 봤던 '낙동강 칠백리' 표지석이 눈에 들어왔다. 비가 오는데도 우리는 표지석 앞에서 사진을 찍었고, 아이들은 자전거를 타고 표지석에서 사진 찍기 놀이를 하며 한참을 즐겼다.

낙동강 칠백리 표지석 앞에서 포즈를 취하며

비는 좀처럼 멈추지 않았다. 점심을 제때 먹지 못해 모두 배가 고팠다. 문경시 흥덕동의 쉼터에서 잠시 쉬기로 하고, 나는 아이들을 그곳에 두고 마트에 가서 바나나 한 송이와 따뜻한 핫초코, 그리고 빵을 사 왔다. 쉼터에서 간단히 요기를 하며 잠시 숨을 돌렸다.

새재 자전거 길에서 두 딸을 뒷따라가며 한 컷

비는 여전히 내렸지만, 오늘의 목적지인 문경 불정역
에는 반드시 도착해야 했다. 비옷을 입은 채 아이들은 묵
묵히 자전거를 탔다. 그 모습을 보며 마음 한켠이 뿌듯했
다. 불정역에 거의 다다랐을 무렵, 마을 정자에서 잠시 쉬
었다. 아이들의 상태를 보니 온몸이 축축하게 젖어 감기라
도 걸릴까 걱정이 앞섰다.

그래도 다시 출발했다. 논밭과 정겨운 마을을 지나, 자
전거길과 자동차 도로가 만나는 구간을 조심스럽게 지나

드디어 문경 불정역에 도착했다. 가장 먼저 인증사진을 찍고, 잠시 쉬는 동안 급하게 휴대전화로 숙소를 알아봤다. 하지만 역 근처에는 마땅한 숙소가 없었다. 비는 계속 내리고, 아이들도 많이 지쳐 있었다. 나는 오늘만큼은 숙소의 질을 포기하고 불정역 근처에서 묵자고 했지만, 아이들은 호텔에서 자고 싶다며 뜻을 굽히지 않았다.

비가 내리는 문경불정역 인증센터에서

시간이 조금 여유로워 문경 시내로 가기로 했다. 여러 번 전화를 돌려 겨우 예약 가능한 방을 찾았다. 입금까지 마치고 나니, 이제 자전거로 8km를 더 가야 했다. 비는 더 거세졌고 날은 어둑해졌다. 처음 가는 길이라 지형도 생소하고 자전거도로를 벗어나 계속 오르막길이 이어졌다. 보도블록은 울퉁불퉁해 아이들이 걱정됐다. 잠시 쉬는 동안 막내는 몸을 부들부들 떨고 있었다. '불정역 근처에서 묵었어야 했는데…'라는 후회가 밀려왔다. 하지만 이미 예약을 했고, 연휴라 다른 선택지도 없었다.

저녁 8시가 되어서야 문경 시내의 관광호텔에 도착했다. 프런트에서 안내받아 자전거를 보관하고 방에 들어가 짐을 풀었다. 저녁식사를 간단히 하고 아이들에게 따뜻한 물로 씻고 푹 쉬라고 했다.

나는 상주보에 주차해 둔 캠핑카를 찾으러 택시를 탔다. 밤 10시가 다 되어 상주보에 도착하니, 조용한 주차장에 내 캠핑카만 남아 있었다. 캠핑카를 몰고 다시 호텔로 돌아오니, 아이들은 이미 침대에 누워 곯아떨어져 있었다. 오늘 하루, 아이들이 자전거로 달린 거리는 60km가 넘었다. 비와 악천후 속에서도 끝까지 포기하지 않은 아이들이 정말 자랑스러웠다.

"애들아, 오늘 정말 수고했다. 잘 자!"

나는 조용히 불을 끄고, 내일을 기약했다.

14. 이화령 고개를 넘어야 한다

(문경에서 수안보온천)

2022년 10월 10일 총거리 25km 대체휴일

아침이 밝았지만, 아이들은 어제의 고된 여정 때문인지 좀처럼 일어나지 못했다. 나는 한참을 깨워야 했다. 다행히 호텔에서 미리 예약해둔 아침식사가 있어, 아이들이 일어나자마자 식당으로 내려가 따뜻한 식사를 할 수 있었다. 연휴라 나들이 나온 가족들로 식당은 북적였다. 든든하게 아침을 먹고 방으로 올라온 우리는, 오늘 충주 탄금대까지 어떻게 이동할지 고민했다. 결국 탄금대 근처에 캠핑카를 주차해 두고, 택시로 다시 호텔로 돌아와 아이들과 함께 출발하기로 했다.

아이들에게는 "어제 너무 무리했으니 조금 더 쉬고 있어."라고 했다. 나는 그 사이 캠핑카를 탄금대 근처 주차장에 옮겨두고, 택시를 타고 다시 문경관광호텔로 돌아왔다. 체크아웃 시간에 맞춰 아이들과 호텔을 나서니, 바람이 많이 불고 하늘은 흐렸다. 어제 비를 맞으며 고생했던 기억 때문인지, 오늘만큼은 비가 내리지 않길 바랐다.

출발한 지 얼마 되지 않아 전통시장이 보였다. 막내딸이 모자 가게를 발견하고, "어제 모자가 없어 고생했어요."라며 모자를 사달라고 했다. 나는 두말없이 모자를 사주었다. 시내를 빠져나오는 길도 꽤 길게 느껴졌다. 드디어 국토 종주 새재 자전거길의 안내표지가 눈에 들어왔다.

자전거를 타고 오르막길이 시작되자, 우리는 자주 자전거에서 내려 끌며 걸었다. 도로는 내리막이 거의 없고, 오르막만 이어졌다. 아이들은 조금만 가면 "아빠, 쉬어요!"를 반복했다. 나는 저 멀리 보이는 콘크리트 구조물을 가리키며 "저기까지 가서 점심 먹자!"고 다독였다. 하지만 눈으로 보기엔 가까워 보여도, 꾸불꾸불한 오르막길은 끝이 없었다. 설상가상으로 비가 오락가락했다. 우리는 어제의 경험을 떠올리며 비옷을 꺼내 입었지만, 곧 해가 나와 날씨는 종잡을 수 없었다. 이따금 돌풍이 몰아치기도 했다. 나는 '날씨가 이렇게 변덕스러울 수 있나?' 속으로 중얼거리며, 아이들과 함께 쉼터가 보이면 주저 없이 쉬었다. 아이들은 쉴 때마다 음료수와 과자를 먹으며 힘을 보탰다.

앞으로 어떤 일이 벌어질지 모르며 이화령 고개 초입에서

이화령 고개 정상에 가까워질수록, 바람은 더 거세지고 비도 내렸다. 마침내 둘째 가현이가 500미터를 남기고 "아빠, 국토 종주 안 하면 안 돼요?"라며 처음으로 힘들다는 말을 꺼냈다. 나는 순간 당황했지만, 둘째에게 "조금만 참자! 다 왔어."라고 미안한 마음으로 말했다. 막내딸은 추위에 발을 덜덜 떨고 있었다. '내가 왜 국토 종주를 시작했을까?' 자책감도 들었지만, 목적지는 이제 얼마 남지 않았

다. 나는 아이들이 다시 출발하자고 할 때까지 충분히 기
다려 주었다.

힘든 이화령고개를 넘으며 휴식을 취하는 모습

마침내, 우리는 이화령 고개 휴게소에 도착했다. 인증
센터에서 사진을 찍고, 식당에 들어가 점심을 주문했다.
감자전과 우동이 전부였지만, 배고픈 우리는 그 음식이 더
없이 맛있게 느껴졌다. 아이들은 점심을 먹고, 맛있는 차
를 사달라고 졸랐다. 나는 '수고했다'는 의미로 기꺼이 사
주었다. 밖에는 다시 비가 쏟아졌다. 우리는 휴게소에서
한참을 쉬었다.

바람이 많이 부는 이화령 고개 휴게소에서 한 컷

이화령고개 정상에서 바라본 하늘

이화령 고개 인증센터 앞에서 바라본 백두대간이화령 통로와 표지석

비가 그치자, 맑은 하늘이 펼쳐졌다. '이제 비는 다 왔겠지'라고 생각하며 자전거를 챙겨 수안보 인증센터로 출발했다. 그러나 잠시 후, 먹구름이 몰려오더니 비가 우박으로 바뀌었다. 막내딸이 "아빠, 손이 시려워요!"라고 말했다. 내리막길이라 장갑도 없이 핸들을 꼭 잡아야 했기에, 나는 "조금만 참자, 내리막이니 핸들을 꼭 잡아야 해!"라고 다독였다. 다행히 막내딸은 잘 버텨주었고, 우리는 무사히 내리막길을 내려왔다. 이화령 고개가 결코 만만한 곳이 아

님을 온몸으로 실감했다.

"이화령은 국토 종주 자전거길 중 유일하게 고개 정상에 인증센터가 있는 곳이라 우회할 수 없는 국토 종주의 꽃"이라는 블로그의 글이 떠올랐다. 나는 이 고개를 넘어온 우리 딸들이 너무 자랑스러웠다.

다시 수안보 인증센터를 향해 달렸다. 비는 계속 내렸고, 예상치 못한 조오령 고개가 또 기다리고 있었다. 이화령보다는 낮았지만, 계속되는 오르막과 젖은 옷, 지친 몸에 쉽지 않은 길이었다. 오늘의 목표는 충주 탄금대였지만, 갈 수 있을지 고민이 깊어졌다. 그때, 따뜻한 음료를 파는 카페가 눈에 들어왔다. 우리는 비를 피하고, 추위를 녹이기 위해 카페로 들어가 호두과자와 따뜻한 음료를 주문했다. 카페 주인은 "수안보 인증센터가 얼마 남지 않았다."며 우리를 응원해 주었다.

카페에서 호두과자와 음료를 먹으며 채충전 함

카페에서 30분쯤 쉬고, 오늘의 목적지를 수안보 인증센터로 수정했다. 날은 어둑어둑 해졌다. 다행히 언덕을 넘자 내리막길이 이어졌고 수안보 인증센터가 보이기 시작했다. 인증사진을 찍고, 비가 더 쏟아지기 전에 자전거를 자물쇠로 묶어두고 택시를 불렀다. 택시를 타고 탄금대로 가서 캠핑카에 아이들을 태우고, 다시 수안보 인증센터로 돌아와 자전거를 실었다. 어두운 밤, 랜턴 불빛 속에서 자전거를 싣고 우리는 집으로 향했다.

문경에서 수안보 인증센터까지, 오늘의 여정은 정말

힘들었다. 하지만 이 길은 우리 가족에게 잊지 못할 또 하나의 추억이 되었다.

힘든 만큼, 우리는 또 한 번 성장했다.

15. 수안보온천, 다시 도전하다

(수안보온천에서 충주탄금대)

2022년 11월 13일 총거리 27km

아이들은 일요일에 자전거를 타기 위해 미리 학교에 현장체험학습 신청서를 제출했다. 평소라면 충주 탄금대에서 수안보 인증센터로 향하는 코스가 일반적이지만, 지난번 우리는 수안보 인증센터에서 종주를 멈췄기에 이번에는 반대로, 수안보에서 충주 탄금대로 가는 길을 택했다.

한 달 만에 다시 찾은 수안보 인증센터는 낯설지 않았다. 다만 캠핑카를 주차할 공간을 찾지 못해 잠시 고민했으나, 다행히 근처 공사장 주변에 차들이 많이 세워져 있는 것을 보고 어렵지 않게 자리를 잡을 수 있었다. 11월에 접어든 늦가을, 날씨는 제법 쌀쌀해져 우리는 두툼한 잠바

와 장갑까지 챙겨 입고 페달을 밟았다.

출발은 내리막길로 시작되어 힘들이지 않고 경쾌하게 미끄러져 내려갔지만, 내리막은 오히려 더 긴장되는 구간이었다. 흙과 돌이 뒤섞인 도로에서 한순간 방심하면 넘어질 수 있기 때문이다. 다행히 우리는 무사히 내리막을 통과했다. 시골집들과 단풍이 곱게 물든 나무들이 조화롭게 있어, 어릴적 고향 풍경이 떠올라 마음까지 편안해졌다.

수안보에서 충주 탄금대로 가는 길은 그 어떤 길보다도 다양한 감정을 안겨주었다. 논밭을 지나 좁은 길로 들어서면 차와 자전거가 스치듯 오가고, 식당들이 줄지어 늘어선 구간에선 복잡함마저 느껴졌다.

평소 캠핑 장소로 눈여겨봤던 충주의 차박 명소, 빈센조 촬영지로도 유명한 수주팔봉에 도착했다. 내가 워낙 좋아하던 곳이라 이곳저곳을 다니며 사진을 많이 찍었는데, 나중에 보니 핸드폰에 사진이 남아있지 않았다. 아마 실수로 지웠나 보다. 막내딸과 함께 찍었던 사진이 생각나 집에 가면 딸의 핸드폰에서 찾아봐야겠다고 다짐했다.

충주 탄금대가 가까워질수록, 지난번 국토 종주 때 오 갔던 익숙한 도로들이 눈에 들어왔다. 이 구간은 오른편에 차도를 끼고 27km를 달려야 해서, 지루함을 참으며 묵묵히 페달을 밟았다. 어느새 해가 저물기 시작했고, 충주 탄금대 인증센터에 도착하니 시계는 오후 5시 30분을 가리키고 있었다. 주변은 적막했고, 행인도 거의 없었다.

탄금대에 도착해서 한 컷

다행히 여러 번 캠핑카를 주차했던 경험 덕분에 주변

지리에 익숙해, 쉽게 음식점을 찾아 자전거를 세우고 국수와 김밥을 주문했다. 아빠와 딸 둘이 자전거 여행을 하는 모습이 신기한지, 주변 손님들이 우리를 힐끗힐끗 쳐다보았다. 나는 캠핑카를 다시 가지러 수안보로 가야 했기에, 음식이 나오자마자 서둘러 식사를 하고 일어섰다. 아이들에게는 천천히 먹고 쉬도록 했다.

음식점 주인에게 사정을 설명하고 아이들을 부탁드리자, 주인은 미소를 지으며 "걱정 말고 다녀오세요."라고 했다. 이런 상황에서 만나는 식당 주인들의 친절이 새삼 고맙게 느껴졌다.

택시를 타고 수안보로 향하는 길, 어두운 도로를 달리며 아이들이 잘 지내고 있을지, 캠핑카는 무사히 있는지 여러 생각이 머릿속을 스쳤다. 수안보에 도착했지만, 가로등이 없어 캠핑카를 찾기 쉽지 않았다. 몇 번을 주위를 돌다가 기억을 더듬어 겨우 캠핑카를 찾았다. 택시기사에게 감사 인사를 전하고, 서둘러 아이들이 있는 충주 탄금대로 향했다.

식당에 도착해 아이들이 잘 있는지 확인하니, 음식점 주인의 배려 덕분에 아이들은 안전하게 기다리고 있었다. 짧은 이별이었지만, 다시 만난 아이들이 반가웠다. 음식점 주인은 나와 아이들을 번갈아 바라보며, 내가 캠핑카를 몰고 돌아오자 안도하는 표정이었다. 우리는 자전거를 캠핑카에 싣고, 다시 한 번 주인에게 감사 인사를 전했다.

하루 종일 긴장하며 달린 탓에 모두가 피곤했다. 밤이 깊어가고 있었지만, 국토 종주를 마무리하기 위해 다음 목적지인 창녕함안보 인증센터로 향했다. 내비게이션을 켜보니 충주 탄금대에서 창녕함안보까지는 244km, 자동차로 2시간 40분이나 걸리는 거리였다.

지난번 시간이 부족해 완주하지 못했던 창녕함안보에서 석포교 구간을 완주해야 했기에, 어둠이 짙게 깔린 밤길을 달렸다. 낙동강 자전거길을 달릴 때 한 번 와봤던 곳이라 그런지, 창녕함안보에는 생각보다 빨리 도착했다. 아이들은 도착하자마자 깊은 잠에 빠졌고, 나 역시 주변을 정리한 뒤 곧장 잠자리에 들었다.

제 4 장

자전거 국토 종주를 마쳐야 한다

16. 두려운 고개를 가다

(창령함안보에서 적포교)

2022년 11월 14일 총거리 42km

아침에 일어나 간단히 식사를 마치고, 우리는 짐을 정리했다. 캠핑카는 한적한 곳에 주차해 두었고, 아이들은 이제 국토 종주에 익숙해져 각자 자신의 짐을 알아서 챙겼다. 두 번째 방문이라 더 친근하게 느껴지는 창녕함안보 자전거 인증센터에서, 우리는 이곳저곳을 돌며 기념사진을 남겼다.

오늘은 42km를 달려야 하는 일정. 아침 9시 30분부터 서둘러 출발했다. 사실 오늘 구간이 내심 두려웠다. 국토 종주 경험자라면 알겠지만, 영아지고개와 박진고개는 자전거로 넘기에 악명 높은 구간이다. 지난번 이화령 고개에서 아이들이 너무 힘들어했던 기억이 떠올라, 오늘 하루

두 개의 고개를 넘는다는 것이 마음을 무겁게 했다. 사실 인증 수첩에는 이미 이 구간의 도장을 다 찍어두었으니, 건너뛰어도 무방했다. 하지만 아이들과 나는, 자전거 국토 종주를 이야기할 때 더 떳떳해지고 싶었다.

아침 일찍 유튜브와 인터넷을 통해 오늘의 구간을 다시 계획했다. 영아지고개에는 터널이 생겨, 험난한 고개를 넘지 않고도 우회할 수 있다는 희소식을 발견했다. '야호!' 속으로 외치며, 용산터널과 신전터널을 안전하게 지나갈 방법을 두 번이나 영상을 돌려보며 익혔다.

창녕함안보를 출발하자, 처음에는 평단한 길이 한동안 이어졌다. 논밭이 넓게 펼쳐져 시야가 시원했다. 국토 종주 자전거길 표지판을 따라 마을길을 지나고, 차도도 이용해 남지철교 근처까지 달렸다. 이곳에서 길을 헤매다 행인에게 길을 묻기도 했다. 남지 수변공원에서는 인공 철새 조형물을 배경으로 사진을 찍고, 아이들은 그네를 타며 한참을 쉬었다.

남지 수변공원에서 인공 철새 조형물을 배경으로 한 컷

계획대로 영아지고개 대신 두 개의 터널을 마을 주민들에게 물어물어 찾아갔다. 집 밖까지 나와 친절히 길을 알려주신 할머니의 따뜻함이 오래 남았다. 터널이 가까워질수록 자전거 도로 표지가 없어 길이 맞는지 불안했다. 도로는 좁고, 차들이 빠르게 지나가 자전거를 타기엔 위험해 보여 오르막 구간은 내려서 걸었다. 다행히 차량이 많지 않은 시간대라 두 터널을 무사히 건널 수 있었다. 긴장을 풀고 숨을 고르기 위해서 터널 끝 버스정류장에서 한참을 쉬었다가 다시 출발했다.

이제 오늘의 하이라이트, 박진고개가 기다리고 있었다. '박진고개'는 낙동강 업힐의 하이라이트이자, 행정안전부가 선정한 아름다운 국토 종주 자전거길 20선 중 한 곳이다. 정상인 구름재 인증센터에 오르면 낙동강의 장쾌한 풍경이 가슴을 탁 트이게 한다.

박진고개 초입에 도착해 자전거를 끌고 오를 때, 오른편에 낙서가 가득한 벽이 나타났다. 유튜브에서 봤던 그 장면. 우리도 자전거를 세우고 각자 벽에 글을 남겼다. 나는 "소현, 가현, 채현 사랑한다. 2022년 11월 14일"이라고 쓰고, 오래 기억하고 싶어 사진을 찍었다.

박진고개에서 소현, 가현, 채현 사랑한다. 2022년 11월 14일이라고 씀

다시 힘을 내어 구름재 인증센터에 도착해 인증 수첩에 도장을 찍었다. 낙동강이 펼쳐진 풍경이 너무 아름다워 연신 사진을 찍었다. 나는 아내에게 이 풍경과 벽에 쓴 글씨를 사진으로 보내며, 우리가 무사히 잘 있다는 안부를 전했다. 아내는 "벽에 낙서하면 안 돼!"라고 답했지만, 이곳은 원래 그런 곳이라며 다른 사람들의 낙서가 가득한 사진도 함께 보냈다. 힘들었지만, 이곳은 자전거 국토 종주에서 잊지 못할 장소가 되었다.

구름재 인증센터에서 한 컷

충분히 쉬고, 박진고개를 조심히 내려왔다. 내리막길이라 아이들에게 천천히 내려가라고 여러 번 당부했다. 오른쪽엔 낙동강, 왼쪽엔 논과 밭 풍경이 펼쳐졌다. 아이들은 빨간 사다리 모양의 조형물을 보자 자전거를 세우고 올라가 즐겁게 놀았다. 나는 그 모습을 사진으로 남겼다.

빨간 사다리 모양의 조형물에서 노는 모습

적포교까지는 약 10km. 둘째 아이가 점점 뒤처지더니 "아빠, 자전거 안장이 자꾸 내려가요."라고 말했다. 살펴보니 안장이 헐거워졌다. 임시로 고정시켜주고, 힘들면 서서 페달을 밟으라고 조언했다. 혹시 사고가 날까 걱정되어, 자전거 픽업 캐리어 택시 연락처를 사진으로 찍어두었다. 아이가 힘들 때마다 쉬며 자전거 상태를 자주 점검했다. 다행히 적포교까지는 큰 문제 없이 도착했다.

적포교 근처에서

전에 왔던 기억을 더듬어 적포교 끝자락 음식점을 찾았다. 할머니 주인께 "지난 추석에 캠핑카 주차했던 가족입니다."라고 인사하자, 아이들도 함께 인사했다. 할머니는 손주들이 생각난다며 달걀부침과 아이들이 좋아할 만한 음식들을 듬뿍 담아 주셨다. 나는 다시 캠핑카를 가지러 창녕함안보로 가야 했지만, 적포교엔 택시가 잘 잡히지 않았다. 할머니는 자신이 아는 택시기사에게 직접 전화해 우리를 도와주셨다. 국토 종주 중 만난 잊지 못할 천사 같은 분이다.

적포교 근처 음식점 할머니께서 푸짐한 상을 차려 주셨다

캠핑카를 가지고 다시 적포교로 와서 자전거를 실었다. 우리는 부곡온천으로 향했다. 둘째 아이의 고장 난 안장을 지난번에 수리해 주신 할아버지께 다시 부탁하기 위해서였다. 부곡온천에 도착한 후, 예약한 숙소에서 편히 쉬며 다음 여정을 준비했다.

17. 아빠! 비가 오니 쉬어요

(서여주휴게소)

2022년 11월 15일

오늘 우리의 목적지는 여주대교에서 양평미술관까지였다. 부곡온천 리조트에서 아침 9시 30분쯤 일어나, 아이들과 함께 퇴실 시간에 맞춰 짐을 챙겼다. 10시 10분경, 리조트를 나서며 어제 저녁 북적이던 음식점들 중 오늘 아침 문을 연 곳은 단 한 군데뿐이었다. 선택의 여지가 없던 우리는 조용한 음식점에 들어가 메뉴를 고르며 잠시 머뭇거렸다. 그때 둘째 아이가 "아빠, 갈비탕!"이라며 먼저 메뉴를 정했다. 갈비탕과 갈비찜 2인분을 주문하자, 주인아주머니는 아이들이 어리니 불고기 전골이 더 좋겠다며 메뉴를 추천해 주셨다. 덕분에 아침부터 푸짐하고 맛있는 식사를 할 수 있었다.

한편, 둘째 아이의 자전거는 무사히 수리되었다. 할아버지는 자전거를 한 번 훑어보시더니, 능숙한 손길로 금세 문제를 해결하셨다. 나는 "자전거 수리하신 지 오래되셨어요?"라고 물었더니, 43년이나 되었다고 하셨다. 수리가 끝나고 수리비를 여쭈니 "그냥 소줏값만 내고 가요!"라며 손사래를 치셨다. 재차 묻자 "5천 원만 주세요!" 하셔서, 나는 고마운 마음에 만 원을 드리고 나왔다. 그 따뜻한 손길 덕분에 우리는 다시 국토 종주를 이어갈 수 있었다.

부곡온천에서 캠핑카로 출발해 고속도로를 한 시간쯤 달리자, 빗방울이 한두 방울 떨어지기 시작했다. 비는 점점 거세졌고, 문경휴게소에 잠시 들러 쉬었다. 막내딸이 "아빠, 비가 너무 많이 와요. 오늘은 쉬어야 할 것 같아요."라며 걱정스러운 얼굴로 말했다. 내 마음 한구석에서도 '비가 오면 안 되는데...' 하는 조바심이 일었다. 문경새재를 지나며 멀리 이화령고개가 보였다. 얼마 전, 그 고개를 넘으며 고생했던 기억이 주마등처럼 스쳐 갔다.

비가 그치길 바랐지만, 빗줄기는 오히려 더 굵어졌다.
어쩔 수 없이 캠핑카를 주차하고 하룻밤을 보낼 곳을 찾
았다. 휴대폰으로 찾아보니, 다음날 여주대교에서 출발하
기 가장 좋은 곳은 서여주휴게소였다. 그날 밤, 우리는 서
여주휴게소에 캠핑카를 세우고 하룻밤을 보내기로 했다.

저녁 8시경, 서여주휴게소에 도착했다. 밤이 깊어지자
휴게소는 점차 조용해졌다. 영업이 끝나고 건물의 불이 모
두 꺼지자, 어둠이 휴게소를 가득 채웠다. 나는 쉽게 잠이
오지 않아 30분쯤 휴게소를 산책했다. 몇 대의 화물차와
내 캠핑카만이 고요한 밤을 지키고 있었다. 사방이 적막
에 잠기자, 나는 캠핑카 안에서 책을 읽다가 문득 아이들
과 함께한 자전거 국토 종주를 기록으로 남겨야겠다는 생
각이 들었다. 볼펜을 들어 백지에 그동안의 기억들을 한
줄 한 줄 써 내려갔다. 캠핑카 밖에는 빗줄기가 점점 굵어
졌고, 빗방울이 차에 부딪히는 소리가 유독 크게 들렸다.

여행의 하루하루는 이렇게 예기치 못한 변수와 그 안

에서 피어나는 소소한 행복의 순간들로 채워진다. 내일은 다시 맑은 하늘 아래, 아이들과 함께 양평을 향해 페달을 밟을 수 있기를 바라며, 나는 조용히 하루를 마무리했다.

18. 두 번은 없다

(여주대교에서 국수역)

2022년 11월 16일 총거리 43km

새벽 6시, 서여주휴게소의 고요한 어둠 속에서 우리는 조용히 눈을 떴다. 캠핑카의 작은 창문 너머로 스며드는 희미한 새벽빛이, 오늘 하루의 모험을 예고하는 듯했다. 나는 여주대교로 향하기로 마음먹었다. 국수역에서 자전거 종주를 마치고 다시 캠핑카를 찾으려면, 서여주휴게소보다는 여주대교 근처에 주차하는 것이 훨씬 현명하다고 생각했기 때문이다.

캠핑카 여행의 유일한 단점이라면, 마음 놓고 주차할 만한 곳을 찾기 어렵다는 점이다. 하지만 오늘만큼은 미리 걱정하지 않기로 했다. 여주대교를 건너는 길, 지난 국토 종주 때 익혀둔 자리가 나를 안심시켰다. 다행히 운이 좋게도, 캠핑카를 안전하게 세울 수 있는 공간을 찾아냈다. 우리는 그곳에 차를 세우고, 근처에서 죽을 사서 전자레인지에 데워 아침을 간단히 해결했다. 따뜻한 음식 덕분에 몸과 마음이 조금씩 깨어났다.

오늘의 여정은 만만치 않다. 여주대교에서 국수역까지 자전거를 타고, 다시 팔당역을 거쳐 광나루자전거공원 인증센터까지, 약 65km의 긴 길이 우리를 기다린다. 생각만 해도 숨이 차오르는 거리다. 그래서 평소보다 더 이른 아침, 우리는 서둘러 출발했다.

여주대교를 건너 자전거 종주길에 들어서자, 차가운 강바람이 온몸을 감쌌다. 아이들은 두꺼운 옷을 껴입었지만, 뼛속까지 스며드는 냉기에 몸을 움츠렸다. 옆으로는 강물이 조용히 흐르고, 안개가 자욱하게 깔려 마치 꿈결 같은 풍경을 만들어냈다. 아이들의 옷깃에는 이슬이 맺히고, 장갑 사이로 스며드는 바람이 한층 더 추위를 더했다.

안개가 끼고 추운 날씨였지만 여주보 인증센터에서

7km쯤 달려 여주보 인증센터에 도착했을 때, 어제의 비로 하루를 쉬었던 덕분인지 아이들의 얼굴에는 아직 웃음이 남아 있었다. 우리는 다시 이포보를 향해 페달을 밟았다. 갈수록 안개는 짙어져, 앞이 잘 보이지 않을 정도였다. 막내 아이의 안경에도 김이 서려, 우리는 더욱 조심스럽게 자전거를 탔다. 이포보로 가는 길, 자전거 도로와 자동차 도로가 겹치는 구간에서는 오고가는 공사차량으로 긴장감이 감돌았다. 아이들의 안전을 위해 속도를 늦추고, 한 걸음 한 걸음 나아갔다.

날씨가 추워서 빨리 스템프 찍고 이동하기 전의 모습

이포보에 도착했을 때, 손과 발은 얼음장처럼 시렸다. 인증 수첩에 도장을 찍고, 서둘러 다시 길을 나섰다. 조금 더 가자, 눈앞에 카페가 보였다. 자전거를 대충 세워두고, 우리는 따뜻한 온기를 찾아 카페 안으로 들어갔다. 이른 아침이었지만, 친절한 주인은 우리 주문을 받아주었다. 빵과 따뜻한 음료가 식어가는 몸에 온기를 불어넣었다. 시간이 흐르자, 우리처럼 자전거 종주를 하던 이들이 하나둘 카페로 들어와 추위를 녹였다.

몸이 어느 정도 풀리자, 우리는 다시 양평군립미술관

을 향해 출발했다. 다행히 해가 떠오르기 시작했다. 양평으로 가는 길, 예상치 못한 오르막인 후미개 고개가 나타났다. 아이들은 숨을 헐떡이며 자전거를 끌고 천천히 올랐다. 길가에 인상적인 조형물이 나타나자, 아이들은 사진을 찍어달라며 핸드폰을 내밀었다. 우리는 또 한 장의 추억을 남겼다.

양평 시내에 들어서자, 자전거를 타는 사람들이 부쩍 많아졌다. 강상 체육공원에 도착했을 때는 점심시간, 산책을 즐기는 이들로 북적였다. 조금 더 나아가 마침내 양평군립미술관에 도착해 인증 수첩에 도장을 찍었다.

(양평자전거길쉼터 인증센터에서 한 컷

이제 남은 목적지는 국수역. 그곳에 가기 위해서는 터널로 된 이색적인 자전거 도로를 지나야 했다. 나는 자전거를 타고 앞서가는 아이들의 뒷모습을 동영상에 담았다.

터널로 된 이색적인 자전거 도로를 통과하며

오후 2시 30분, 국수역에 도착했을 때 아이들은 "배고 파요!"를 외치며 허기진 배를 움켜쥐었다. 미리 봐둔 음식점에 들어가 두부김치를 먼저 시켜 허겁지겁 먹었다. 기다리는 동안, 음식점 주인이 달력에 써 붙여둔 글귀가 눈에 들어왔다. 제목은 '두 번은 없다'였는데 그 문장들은 오늘의 여정처럼, 인생의 순간들이 얼마나 소중한지 다시금 일깨워주었다.

두 번은 없다.

비슬리바 쉼보르스카(폴란드)

두 번은 없다.

지금도 그렇고 앞으로도 그럴 것이다.

그러므로 우리는

아무런 연습 없이 태어나서

아무런 훈련 없이 죽는다

우리가 세상이란 이름의 학교에서

가장 바보 같은 학생일지라도

여름에도 겨울에도

낙제란 없는 법

반복되는 하루는 단 하루도 없다.

<중략>

그렇다. 우리 인생에서 똑같이 반복되는 날은 단 한 번도 없을 것이다. 오늘따라 '두 번은 없다'는 쉼보르스카의 시구가 유난히 마음에 깊이 스며든다. 지금 이 순간, 아이들과 나누는 따뜻한 식사, 허기진 배를 채우는 소박한 음식조차 다시는 똑같이 반복되지 않을 단 한 번의 풍경임을 깨닫는다.

식사를 마친 우리는 여주대교 근처에 세워둔 캠핑카를 찾기 위해 택시를 불렀다. 택시가 도착하자, 나는 아이들에게 잠시 기다려 달라 당부하고 조심스레 뒷좌석에 몸을 실었다. 창밖으로 스치는 여주의 풍경이 낯설면서도 정겹게 다가왔다. 택시 기사님과 나눈 소소한 대화도, 이 순간을 더욱 특별하게 만들었다. 기사님은 여주의 옛이야기를 들려주었고, 나는 오늘의 여정에 대해 조심스레 털어

놓았다. 짧은 동행이었지만, 그 안에 작은 인연과 따뜻함이 피어났다.

여주대교에 도착하니, 캠핑카는 변함없이 그 자리에서 나를 기다리고 있었다. 마치 오랜 친구를 다시 만난 듯 반가운 마음에, 조심스레 시동을 걸었다. 캠핑카를 몰고 국수역으로 돌아오는 길, 창밖으로 스치는 풍경이 또 한 번 새로운 이야기로 다가왔다.

국수역에 도착해 아이들과 다시 만났다. 자전거를 캠핑카에 거치하고, 우리는 팔당역을 향해 또 다른 여정을 시작했다. 모든 순간은 단 한 번뿐임을, 오늘 하루가 내게 속삭이고 있었다.

국수역에서 팔당역을 향해 출발하기 전에 캠핑카의 뒷모습

19. 커피값으로 주차비를 대신하다

(팔당역에서 광나루 자전거공원)

2022년 11월 16일 총거리 21km

이제 남은 건 팔당역에서 광나루자전거공원 인증센터까지의 마지막 구간이었다. 이 길만 완주하면, 우리는 한 구간도 빠짐없이 국토 종주를 완성하는 셈이었다. 오늘 반드시 끝내야 했다. 아이들은 학교에 현장 체험학습 계획서를 제출한 상태였고, 수업 진도도 걱정되었다. 게다가 날씨는 점점 더 추워지고 있었다. 더 미루었다가는, 이 여정의 끝을 기약하기 어려웠다.

팔당역 근처에 도착하니 어느새 오후 4시 50분, 해는 이미 서쪽 산 너머로 저물고 있었다. 주차장은 이미 만원이었다. 잠시 고민하다가 팔당역 근처의 작은 커피숍 앞에 임시로 캠핑카를 세웠다. 자전거를 내리고, 우리는 마지막 구간을 향해 페달을 밟기 시작했다.

팔당역쪽에서 바라본 해지는 모습

한강을 따라 달리는 길, 팔당대교를 건너기 전, 석양이 강물 위에 붉은 물결을 드리웠다. 그 황홀한 풍경을 아이들과 함께 바라보았다. 나는 그 순간을 사진에 담으려 했지만, 휴대전화 카메라에는 그 아름다움이 온전히 담기지 않았다. 아쉬웠지만, 그 장면은 우리의 기억 속에 더 깊이 남았다.

해지는 가운데 아이들의 뒷모습을 찍다

팔당대교를 건너니 어둠이 빠르게 내려앉았다. 아이들이 걱정되었다. 저녁이 되자 자전거에 달린 작은 전등만으로는 아이들을 지키기에 부족해 보였다. 나는 아이들과 바짝 붙어 달리며, 혹시 모를 위험에 대비했다. 그리고 이 구간에는 '3단 업힐', 일명 '아이유 고개'가 기다리고 있었다.

둘째 아이는 이미 지친 기색이 역력했다. 아침 7시부터 자전거를 탔으니, 오늘만 해도 64km를 달린 셈이었다. 나는 오르막길이 시작되자 자전거에서 내려, 내 자전거와 둘째 아이의 자전거를 함께 끌며 "가현아, 할 수 있어! 조금만 더 힘내!"라고 응원했다. 다행히 막내 채현이는 자신의 몫을 묵묵히 해내고 있었다. 힘들 땐 잠시 쉬었다가, 다시 천천히 오르막을 올랐다. 어둠이 짙게 깔린 길 위에서, 나는 '포기하지 않으면 할 수 있다.'는 믿음을 아이들에게 심어주고 싶었다. 아이들은 내 응원에 힘을 얻어, 결국 우리 모두는 '아이유 고개'를 무사히 넘었다.

그리고 마침내, 광나루 자전거공원 인증센터에 도착했다.

드디어 광나루 자전거공원 인증센터에 도착하다

미리 동생에게 부탁해 두었던 대로, 동생이 SUV를 몰고 우리를 기다리고 있었다. 저녁에는 택시를 잡기도 쉽지 않고, 광나루에 자전거를 놓고 다시 팔당역으로 돌아가 캠핑카를 가져와야 하는 복잡한 상황을 피하기 위해서였다. 우리는 자전거를 동생의 차에 싣고 팔당역으로 돌아왔다.

팔당역에 무사히 도착해 동생에게 "고마워!"라고 인사하고, 우리는 다시 캠핑카로 향했다. 어느새 늦은 저녁, 미리 양해도 구하지 않고 커피숍에 주차한 것이 미안해, 우리는 그곳에서 빵을 사서 저녁을 대신했다. 아이들은 자신이 좋아하는 빵을 골라 먹으며, 소박한 행복에 젖었다.

이렇게 우리의 자전거 국토 종주는 20일간의 여정 끝에 마무리되었다. 말로는 다 표현하지 않았지만, 아이들과 나는 무사히 완주했다는 사실만으로도 큰 자신감을 얻었다.

'가현이와 채현이, 정말 수고했다!'

'아빠는 너희들이 정말 자랑스럽다!'

지금도 마음속으로, 나는 이렇게 크게 외쳐주고 싶다.

20. 국토 종주를 마치며

인천의 서해갑문 인증센터에서 부산의 낙동강하굿둑까지, 우리는 20일 동안 자전거 페달을 밟았다. 시간이 흐른 지금, 그 시작이 얼마나 무모하고 용기 있는 일이었는지 새삼 깨닫는다. 만약 그 여정의 고단함을 미리 알았다면, 아마 선뜻 도전하지 못했을 것이다. 하지만 상주의 자전거박물관에서 만난 존 F. 케네디의 말, "자전거를 타는 단순한 즐거움과 비교할 수 있는 것은 아무것도 없다."는 문장을 떠올리면, 그 모든 두려움과 망설임이 한순간에 사라진다. 자전거 위에서 느끼는 자유와 기쁨, 그 단순함이야말로 인생에서 가장 값진 순간임을, 나는 이제야 비로소 깨달았다.

상주 자전거 박물관앞에서

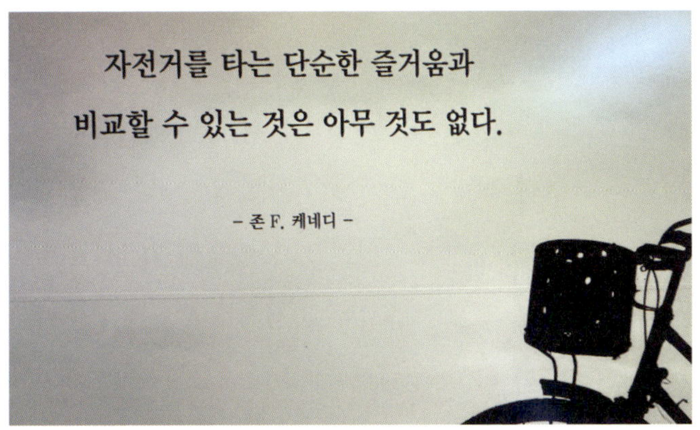

상주 자전거 박물관안에서 존 F. 케네디의 말을 되새기다

출발점이었던 서해갑문에서 아라 한강갑문 인증센터에 도착했을 때, 매점 주인 아저씨가 빨갛게 익은 아이들 얼굴을 보며 건네주신 과자 한 봉지, 그 따뜻한 응원의 손길이 아직도 기억난다. 상주보에서 낙동강 자전거길을 시작할 때, 반대편에서 "화이팅!"을 외치며 지나가던 자전거 동호인들의 격려도 잊지 못한다. 낙단보로 향하는 길, 작은 야산을 넘으며 느꼈던 당황스러움, 그리고 낙단보의 음식점에서 "더운데 고생한다."며 얼음물을 건네주신 주인 아주머니의 친절함이 마음을 적셨다.

달성보 인증센터 근처의 하얀 민박집에서 아이들과 함께 하룻밤을 보냈던 기억, 창녕 무심사 근처에서 자전거가 고장 나 '이제 그만두어야 하나' 걱정하던 순간에, 명절임에도 불구하고 매장 문을 열어 자전거를 고쳐주신 할아버지의 손길, 양산에 도착하기 전 노지주차장에서 컵라면을 먹는 아이들을 보며 음료수를 서비스로 건네주신 아주머니의 따뜻한 마음, 모두가 우리 여정의 소중한 이정표가 되었다.

　　새재 자전거길을 달릴 때, 하루 종일 비를 맞으며 어두워지는 길을 걱정했던 순간, 막내딸이 입술을 파르르 떨며 "아빠, 힘들어요."라고 말하던 그 모습에, '누가 시키지도 않은 이 고생을 왜 하는 걸까?' 자책도 했지만, 그 모든 순간이 지금은 소중한 추억이 되었다.

　　문경에서 이화령 휴게소로 향하는 끝없는 오르막길, 비옷을 입고 자전거를 끌고 오르며 수도 없이 쉬던 그 길, 마침내 둘째 아이가 "아빠, 이거 그만하면 안 돼요?"라고 묻던 순간의 당혹감, 이화령 정상에서 갑자기 쏟아진 우박 속에 "절대 손을 놓으면 안 돼!"라고 외치며 내려오던 기억, 창녕함안보에서 구름재 인증센터로 향하는 박진고개에서 자전거를 끌고 올라 정상에서 낙서했던 일, 적포교의 음식점에서 할머니가 손녀들을 대하듯 푸짐하게 차려주신 저녁식사, 탄금대를 지나 골프장 근처 음식짐에서 사이다를 서비스로 주며 응원해주신 사장님의 격려, 이 모든 순간들이 주마등처럼 스쳐 지나간다.

　　20일 동안 우리는 셀 수 없이 많은 만남과 헤어짐, 격려와 도움을 받았다. 그 덕분에 어린 딸들과 함께 국토 종주를 완주할 수 있었다는 사실에, 나는 지금도 감사함을 느낀다.

이제 아이들은 사춘기의 문턱에 서 있다. 가끔 둘째가 "아빠, 같이 놀아주세요!"라고 조르는 모습에, 이 경험이 우리 가족에게 얼마나 큰 힘이 되었는지 새삼 깨닫는다. 자전거 국토 종주가 생사고락의 동지애까지는 아니더라도, 함께 어려움을 이겨낸 동반자라는 끈끈함을 남겼다. 아이들은 말로 표현하지 않지만, 그 눈빛에서 인생을 살아갈 자신감이 자라났음을 느낀다.

얼마 전, 찜통더위 속에서도 우리는 4대강 자전거 종주를 마쳤다. 그리고 둘째는 "아빠, 제주도도 자전거로 한 바퀴 돌아요!"고 말했다. 이화령 고개에서 "아빠, 그만하면 안 돼요?"라던 아이가, 다시 도전을 꿈꾸는 모습을 보며, 아이들에게 이 여정이 자신감과 성취감을 심어주었다는 사실을 확신한다.

앞으로도 우리의 도전은 계속될 것이다.

"화이팅!"

이 한마디가, 우리 가족의 새로운 여정에 다시 불을 지
핀다.

국토 종주가 우리 가족에게 남긴 것

　나는 원고완성을 위해 둘째인 가현이와 낙동강 자전거 길 사진을 찍으러 가던 중에 자동차안에서 내가 가현이에게 물었다. "지난 번에 자전거 국토 종주하면서 느꼈던 점이 무엇이니?"

　가현이는 "자전거 타면서 네 가지가 좋았어요." 말하는 것이었다. .

　"첫번째는 아빠, 자전거를 타면서 인내심을 배웠어요."
　"두 번째는 자연과 함께 할 수 있어서 좋았어요!"

　"세 번째는 자전거를 타면서 생각의 시간을 가질 수 있었어요."

　"네 번째는 아빠, 동생과 함께 추억을 만들 수 있어서 좋았어요!"

　이 네 가지 이야기를 들으면서 내 생각에는 초등학교 5

학년 때 자전거를 타면서 말을 하지 않아서 몰랐지만 아이는 자기 나름대로 자전거를 타면서 좋았던 점을 마음속에 깊이 간직하고 있었음을 나는 깨달았다. 비가오고 바람불어 힘들게 몇시간 동안 오르던 이화령고개에서 가현이가 "아빠! 이것 그만하면 안돼요?"라고 처음이자 마지막으로 나에게 했던 말이 가슴에 깊이 새겨져 있었는데 나는 가현이의 네 가지 좋았던 점을 들으면서 이제는 좀 더 편하게 마음을 먹어도 될 것 같다.

나는 막내 채현이에게 물어보았다. "채현아! 자전거 국토 종주하고 무엇이 좋았어?" "아빠! 힘들었어요." "하지만 용돈을 받아서 좋았어요." "또 없니?" "체력이 좋아졌어요." 아직까지 천진난만한 채현이의 솔직한 후기였다.

나는 또 아이들의 엄마에게 우리가 국토 종주를 하면서 엄마로서 느낀 점이 무엇인지 물어보았다. 아내는 다음과 같이 말했다.

"옆에서 보기에 자전거 타는 것 힘든 일인데 포기하지 않고 끝까지 할 수 있는 끈기를 배울 수 있게 되어 좋았던 것 같아."

"정서적으로는 아빠와 유대관계가 깊어 진것 같고.."

"엄마가 보기에 또한 자전거 종주를 하면서 느낀 것은 아이들이 많이 성장한 것 같아."

"제일 중요한 것은 포기하지 않는 것을 배운 것 같아 좋았어!"

"인내력"

"자신감이 생기고 뿌듯함"

내가 또 물었다. "아이들과 떨어져 있었는데 걱정은 없었어?"

"아빠가 있었고 수시로 연락했기 때문에 걱정은 없었어." "또한 교육적으로는 학교에서 배우지 않는 것들과 순간순간 대처하는 것을 배울 수 있었을 거야."

"견문이 넓어지는 것을 느꼈을 거야."

마침 내가 자전거 국토 종주중에 만난 펜션주인아저씨가 '학교에서 배우는 것보다 견문이 넓어지는 것을 배우게 될 것'이라고 말해 주었던 것이 생각났다.

엄마가 보기에는 아이들이 자전거 종주를 통해서 "또

가족 간에 유대관계가 강화되고 사춘기 임에도 지금도 서스러움없이 이야기 할 수 있다."는 것이 가장 중요한 장점이라고 했다. 또한 "아이들이 아빠와 함께 역경과 고난을 겪으며 동질감을 형성했기에, 지금도 소통하는 데 어려움이 없다."라고 말해 주었다.

아이들의 엄마로서 느낀 점을 정리하면 다음과 같을 것이다.

1. 아이들이 포기하지 않는 인내심을 배우고 자신감을 얻었을 것이다.

2. 고생을 같이 하면서 가족 간에 유대관계가 강화되었다.

3. 학교에서 배우지 못하는 것을 자전거를 타면서 성장하고 견문이 넓어졌다.

4. 자전거 종주를 완주함으로 성취감을 느꼈다.

아빠로서 두 딸과 함께 자전거 종주를 하고 느낀 점을 정리하면 다음과 같을 것이다.

나에게는 자전거 국토 종주길이란 추억이 피어나는 시간 여행이다. 차창 밖으로 문득, 잘 정비된 자전거 종주길이 시야에 들어올 때가 있다. 그 순간, 내 마음은 묘한 감상에 젖어 말랑말랑 해진다. 그 길은 나에게 단순히 길이 아닌, 특별한 시간 여행을 선물하는 통로이기 때문이다.

길 위에 아로새겨진 기억은 선명하다. 어린 두 딸과 함께 두 바퀴에 몸을 싣고 세상을 달리던 추억이 마치 어제 일처럼 생생하게 떠오른다. 끝없이 이어진 강변을 따라, 우리는 함께 땀 흘리며 달렸다. 때로는 힘에 부쳐 멈추고 싶을 때도 있었지만, 서로를 응원하며 다시 페달을 밟아 나아갔다. 힘들어도 포기하지 않았던 그때의 끈끈한 기억은 우리의 성장을 담은 뜨거운 보물이다.

강바람을 맞으며, 햇살 아래에서 크게 웃던 아이들의 해맑은 얼굴. 그 모든 순간들이 지금도 가슴 가득 따뜻하게 채워진다. 자전거길은 나에게 사랑과 성장이 담긴 한

권의 동화책과 같다. 길 위에서 보낸 가족과의 소중한 날들을 떠올리며, 나는 슬며시 혼자만의 미소를 짓곤 한다. 그 미소에는 말로 다 할 수 없는 따뜻함과 행복이 담겨 있다. 이 자전거길은 앞으로도 우리의 가장 아름다운 페이지로 남아, 추억을 피어나게 할 것이다.

두 딸과 함께 한 자전거 국토 종주

아이들과 함께 성장한 20일간의 자전거 여행

초판 발행   2025년 11월 10일

지은이   함명진

발행인   정유진
발행처   노북(no book)
주 소   서울특별시 서초구 강남대로53길 8 11층
전 화   050-71319-8560
팩 스   050-4211-8560
출판등록일   2018년 7월 27일
등록번호   제2018-000072호
E-mail   nonbookorea@gmail.com

ISBN 979-11-90462-77-8 [03810]